莫扎特
的影子

一部关于莫扎特超人天赋
之谜的历史悬疑小说

[意] 帕多文尼高·巴卡拉里奥 著　伍拾一 译

北京联合出版公司
Beijing United Publishing Co.,Ltd.

图书在版编目（CIP）数据

莫扎特的影子：一部关于莫扎特超人天赋之谜的历史悬疑小说／（意）帕多文尼高·巴卡拉里奥著；伍拾一译． —— 北京：北京联合出版公司，2019.3

ISBN 978-7-5596-2874-9

Ⅰ．①莫… Ⅱ．①帕… ②伍… Ⅲ．①历史小说－意大利－现代 Ⅳ．①I546.45

中国版本图书馆CIP数据核字(2019)第000601号

北京市版权局著作权合同登记号：图字01-2018-7285号

莫扎特的影子

作　　者：[意] 帕多文尼高·巴卡拉里奥
译　　者：伍拾一
选题统筹：马百岗
责任编辑：李　征

北京联合出版公司出版
（北京市西城区德外大街83号楼9层　　100088）
北京联合天畅发行公司发行
北京时捷印刷有限公司印刷　　新华书店经销
字数145千字　　880毫米×1230毫米　　1/32　　8.5印张
2019年3月第1版　　2019年3月第1次印刷
ISBN 978-7-5596-2874-9
定价：45.00元

这里没有教育过我永生不可信的父亲，这里没有宽恕过我许多过错的母亲，这里的十字架和墓碑底下什么都没有。

——博尔赫斯

四名黑衣人在虚空中演奏着。他们一言不发，面无表情：弦乐四重奏开始了。

——扬科列维奇

目　录

序　幕

　　一百岁生日的到来让守墓人心烦意乱。

　　他料想到迟早会有这么一天，但他为之工作了一辈子的人们却对此视若无睹。"一百年可真够长的。"他自言自语道。或许，还不止一百年。他一边在墓碑间散步一边想。因为父母并没有准确登记他的出生年份。他们倒是给他起了一个好听的名字——贾斯特斯。不过，考虑到他现在所从事的职业，这个名字听起来有点儿不合时宜的古怪。

　　贾斯特斯的父亲是一名诚实的商人，起这个名字的初衷或许是希望他将来能学好数学，然而他的母亲却一直希望他能成为一名法官。唉，女人的野心！

　　但他对此一直兴趣寥寥。当他还是一个小孩子的时候，他

莫扎特的影子

就喜欢在学习的间隙偷偷溜出去，到墓地去帮掘墓人的忙。那时候，他家的房子离圣马克思墓地比离学校还近。他第一次独自穿过成排的柏树和墓地石像时只有七岁。从那时起，他就一发不可收地爱上了这份工作。

石雕的天使和哭泣的处女。

整齐划一的十字架。

它们无与伦比。

他不是在说笑。贾斯特斯第一眼就爱上了这座非同一般的花园。

它安宁而平静，令人感觉亲切却并不单调。他对它十分着迷，甚至把墓地当成了自己的家。这个"家"是一处寂静的庇护所，能让他远离俗世凡尘，却又能经常见到人。

他在这里见证岁月流逝，见证思想革命、帝王兴衰和边境战争。在还不到一百岁的时候，他就得出了一个结论：大动乱带来的改变微乎其微。人们以同样的方式死去，他们的家人以同样的方式痛苦或假装痛苦。贾斯特斯顶多需要在工作太忙或者战争临近的时候增加助手，从而保证一切运转如常。

必须承认，贾斯特斯在埋葬死者方面拥有一定的才干。他待人热忱，无论是上流的贵族还是卑微的木匠，他都一视同仁，亲切待之。工作的时候，他虽然常常缄默不语，但却十分留心

异常的情况。假如需要他说点儿什么，比如因人而异的几声安慰、几句批评或赞扬，他都会毫不迟疑地说出来。

由于这些私人交谈，他在一百岁生日时觉得，人们已经跟他说了太多故事。每一场葬礼都有故事，每一场聚会上都有人讲故事。大多数时候是死者的朋友，但偶尔也会是他们的对手、诋毁者和嫉妒者，甚至是秘密情人。奇怪的是，与死者最亲近的人们却从不参与这些故事：他们觉得，他们有义务在葬礼上全身心地投入悲伤，但往往他们越富有就越难以投入。相比之下，缺衣少食的穷人总是看起来更加悲痛（或许实际上他们也并没有那么悲痛）。葬礼上仿佛特意留出了一片空白，等着用一个好故事去填满。如果碰到下雨的天气，这片空白似乎就会更大。几天过后，富人们会更加慎重和冷静地回到墓园，在坟墓旁或家族墓地的门前徘徊。如果贾斯特斯走上前去，他们就会向他吐露一些只有在此刻才愿意吐露的小秘密。细节同样会泄露出葬礼的不同寻常，最明显的迹象就是总有一两个人安静地站立在远处。他们用帽檐低低地遮住眼睛，帽檐下灰色的烟卷冒着模糊不清的烟雾；也有人用朦胧的面纱遮住整副面孔。他们看上去很羞愧，似乎知道自己此时出现在墓地是不合时宜的。但他们总会出现，就像搬运钢琴时起保护作用的垫子一样。

贾斯特斯向来不会浪费任何时间，直到他碰巧注意到那个

莫扎特的影子

非常特别的人。他停下手头的事，打算走过去。通常这个时候，不管他有没有靠上前，他们都会开始和他搭话。亲属们在抽泣，牧师在吟诵最后的悼词，他还没搞清楚状况，就会有人和他交谈起来。对话的内容通常是"他这么走了真是可惜"，或者"你觉得我该找谁要回我借给他的书"，或者"切洋葱的人都比他们哭得真实多了"。

平时，谈话都会有特定的走向，通过自然的转折，从一两句话里扩展出越来越多的内容，好让整晚的话题都围绕着男性死者进行——女性死者极少。大家多半会谈论男性，他们显然身怀很多隐秘。参加葬礼的人非常乐意和贾斯特斯分享死者的秘密。他们犹犹豫豫地转换话题，谈及更多惊人的死法和非同一般的人物——阴谋事件的受害者、巨额财产的继承者以及大人物隐秘的私生子。他们死因成谜，令人费解。在贾斯特斯所知道的不凡人物中，还有人曾经有幸死过两回。

这就是此刻让贾斯特斯感到困扰的事：听过了太多不同寻常的死亡事件，但从未向任何一个活着的灵魂说起过它们（不过那些的确是很好的故事，他笑着对自己说），也许这种怪诞的结局也可能会发生在他身上。

他不想那样。

他并不认为自己和那些人一样不同寻常。虽然实际上，没

序 幕

多少人像他一样活得这么久。但不管怎样，当一个不同寻常的人太麻烦了，尤其是这个人可能还要死两次——他不想那样！

他不认为这是人人都企盼的那种好运气，比如突然继承一座城堡，赢了一场大赌局，或是在路边捡到一枚响当当的拿破仑银币——贾斯特斯一生从没遇到过这样的好事。

再说这根本就不能算是好事！

他一边从大钥匙圈上寻找小屋的钥匙，一边忧心忡忡地思考着这件事。小屋靠近墓园的外墙，屋后有一棵高大的白柳树。

体面地死一回就够了。再死一回的话，就太过了！

小屋里空荡荡的，一看就是典型的单身汉住的屋子。据他所知，他是身在法国的年龄最大的公民，他对这一点深信不疑。首先，他没有一点法国血统：父亲是博洛尼亚人，母亲是俄罗斯人，而他出生在维也纳。这些身世的细节表明，他成长的世界再也不是过去的模样——人们就近结婚，一生中从未离开过家乡。时代日新月异，人们像沼泽上空嗡嗡飞舞的蚊子，挤在火车里到处流动；革命像灰烬下闷着的煤块，最轻微的风也能将它噼啪点燃。还有个原因，他经常在晚上读书，因而睡得很少。他读过的很多书的作者都认为，死亡与长眠等同，这也许解释了他长寿的原因。

事实上，自从维也纳公墓的掘墓人教会他阅读以后，贾斯

莫扎特的影子

特斯就从没有停止过读书。如果必要的话，他足以轻松地夸耀自己所积累的丰富知识，而且是脱口而出。他一本接一本地读完了所有能到手的书，六十多年来每天都读一份报纸。别人推荐的也好，他自己碰到的也好，书已经成为他夜晚最好的伴侣，他非常快乐地沉浸在别人的故事里。有时候，由于第二天要和约好的人互相交流，他只能用一个晚上的空余时间匆匆读完某本书，但其余时间并不会这么匆忙。墓园的夜晚万籁俱寂，他有足够的时间去阅读罗伯特·波顿或简·奥斯汀的书，然后，在第一缕晨光破晓之前深受感动地合上书页。

　　脑海中萦绕着那个令他困扰的问题，贾斯特斯开始在他为数不多的财产里寻找某样东西。虽然根本不会有窃贼试图闯进一间守墓人的小屋，但数不清的迷信和对幽灵的恐惧仍然让贾斯特斯把他最具价值的财产藏在了一个秘密的地洞里，就在他非常喜爱的摇椅附近。说起来，摇椅真是本杰明·富兰克林最伟大的发明！它带来了一场真正的革命！啊，一边摇晃一边读书，还有什么比这更令人高兴的吗？这是他唯一想带进坟墓的东西，也是在最艰苦的岁月里唯一带给他安慰的东西。

　　在一百岁生日这天，贾斯特斯一边咳嗽着，一边比平常还要颤颤巍巍地从他小小的藏宝地里掏出一个黑色的方盒子。盒子的四角装饰着金箔叶片，配着一把象牙白色的锁，锁的形状

就像一只睁大了的眼睛。这种装饰风格只有古埃及艺术家才能创造出来，也只有像拿破仑这样沉迷于永生的人才可能拥有。

一个古埃及的盒子。

许多人对它垂涎不已。

这也正是贾斯特斯不安的源泉。

他从没想过会重新拿回盒子。但也许是因为他活得实在太久了，所以它又回到了他身边。令他感到不安的更主要的原因是，他从没想过把盒子还给他的人会变成一个幽灵。

他陷在宽大的摇椅里，一边缓慢地前后摇着，一边思索着是否要打开它。盒子上的锁是后配的，打开它需要一把刻着字母M的银色钥匙。他盯着手中的盒子，脸上现出忧心忡忡的神情。

不死棺。

他后来才知道人们这么叫它。

他们把这个小盒子叫作"不死棺"。有人疯狂地渴求它，有人徒劳无功地寻找它，有人粗心大意地保管它，有人用邪恶的手段得到它，也有人宣称它受到了神的诅咒。有人在盒子里保管文件，也有人想要从盒子里偷走文件。更多人想要埋葬它，让它从世间消失，但至今没有人能够完全摆脱它。

假如这个盒子永远留在当初发现它的沙漠中，那可能很多事情都不会发生了。

莫扎特的影子

只有最古老的守墓人知道它的来龙去脉。这虽然是一段关于人类的历史，但也是一段关于黑漆盒子的历史。它令人难以置信，更无法言明。

"贾斯特斯，如果你想被信任，就必须胡编乱造，你会发现他们对此毫不质疑；但如果你据实以告，他们反而会疑神疑鬼，并且拒绝相信……"在一次顺道拜访时，杜马斯如是说。

啊，他是多么明智！可惜他也去世了……真是令人怀念。贾斯特斯叹了口气，终于下定了决心。他打开锁，把盒盖放在膝盖上。

"杜马斯先生，您说得太对了。"年迈的守墓人嘀咕道，他显得比任何时候都焦虑，"尽管有这些文件和手稿，但没人会相信我！"他看着盒子里的东西，然后把手伸进沙沙作响的一沓文件里。他细瘦的手指仿佛有意识一般，摸出了一封以蜡封口的泛黄信封。

信封里装着一枚银色的印戒，印戒上饰有狮身人面像，还有一枚银币。贾斯特斯记得，这枚银币是他多年以前得到的。

那是 1791 年 12 月 7 日，莫扎特去世后的第二天。

那天是莫扎特的葬礼。

更确切地说，是他的第一次葬礼。

就在那一天，贾斯特斯第一次得到了这个黑漆盒子。

第一幕

维也纳

1791

1

快给大忙人让路

（罗西尼，《塞维利亚的理发师》，第一幕）

这一年的 12 月闷热异常。

贾斯特斯刚满七岁。他长着一头金发，外表看上去天真无邪，骨子里却对墓穴充满了疯狂的热情。他跳进去的第一个墓穴深两米半，四壁柔软得好像轻轻一压就能陷进去。墓穴里仿佛是另一个世界，所有的声音都消失了：听不见马蹄声，听不见多瑙河上划船的人们"哦！哦！"的喊声，听不见圣史蒂芬教堂的钟声，也听不见高高的脚手架上建筑工人的说话声。躺在墓穴里，只能听到头顶上方树叶摇动时沙沙的响声。贾斯特斯并不觉得藏在墓穴里有什么可怕的，反而觉得，在这块长方形的天空里，云彩飘动的速度似乎更快些。

"出来！小鬼！"守墓人生气地说。他在视线扫过墓穴边缘时发现了这个小家伙。守墓人伸出手想要拉他一把，但贾斯特斯已经像一只蜘蛛一样自己爬了上来，但下一秒，他又反身跳了回去。

此刻，四名穿着黑衣的抬棺人正抬着一口杉木棺，从林荫小路的另一头缓缓走来。守墓人摘下了头上的帽子。一名看上去像贵族的人随后走到近前。他在看见贾斯特斯的时候露出了一副好笑的表情，但他什么也没说，也没做自我介绍。他的存在似乎令守墓人感到不安，后者的两只手不住地摆弄着羊毛帽。

"先生，向您致以我最真诚的歉意，我不知道怎么会这样……但一切都很顺利，别担心。"他不断重复道，仿佛这是一件天大的事，"我真的不知道这小鬼是谁！"

尽管就站在死者的棺材旁边，但这名贵族看上去却并不伤心，反而一直笑容满面。他长着一副艺术家的面孔，络腮胡子显得既亲切又调皮，令贾斯特斯永生难忘。他转过身来面对贾斯特斯，询问他的名字。贾斯特斯郑重地回答了他。他又问贾斯特斯在墓园干什么。贾斯特斯耸了耸肩膀，告诉他：自己喜欢墓园，这里是他见过的最美丽的花园。这里的人们神情庄重，四处走动，不像外面的世界那样充满了噪声。

四名抬棺人把棺材放在墓穴旁边的草地上，长叹一声，用三根绳索将棺材进行固定。这名贵族跪在贾斯特斯面前，凑近

他低语道:"你是一位小诗人。"

　　贾斯特斯不知道自己是不是小诗人,但他能闻到这个男人衣服上散发出的刺鼻气味。直到这时,贾斯特斯才发现他在外衣下面藏了一个神秘的东西。

　　"你能帮我个忙吗?"这名贵族问。他缓慢而优雅地掏出了一个方形的盒子,盒子外包裹着一层深色的天鹅绒。他给贾斯特斯看了一眼,然后说:"你把它从那边的门带出墓园。天黑时会有一辆马车过来,你把这个盒子交给马车里的人——除了他不要交给任何人。而且,不要让人看到你。明白了吗?"

　　守墓人听到这名贵族的话,焦虑地挺直了脊背。但这名贵族仿佛周围的人都不存在似的,只是看着贾斯特斯一个人,问道:"你觉得你能做到吗?"

　　贾斯特斯点了点头。

　　"先生,您不能相信这个孩子!"守墓人插话道,"我们甚至不知道他是谁!如果您要送什么东西,把它放在我旁边的草地上,我完事后就去拿。"他边说着,边走过去帮忙把棺材放进墓穴里。

　　"相反,我确定我能信任你。对吗,小家伙?"他飞快地往贾斯特斯手里塞了一枚银币,然后它就进了他的口袋。

　　贾斯特斯再次点头。

快给大忙人让路

盒子闪耀着天鹅绒的光泽。男人没有机会改变主意了，因为男孩飞快地伸出双手抱住了盒子。

"快跑！"男人低声说。

"先生！"守墓人大声喊。

然后，贾斯特斯就再也听不见他们的声音了。

他沿着墓园中的小路飞奔起来。当这名贵族在死者的棺材上撒下一抔土并念着祷告文的时候，贾斯特斯已经绕过了幽暗的树林、冷硬的墓碑和挂着灯笼的祈愿柱。他穿过了草地，跑过石雕的天使和披着斗篷的女人雕像，目光紧紧地盯着贵族男人指给他的那扇门。

盒子是用一种古色古香的木头制成的，轻盈又富有弹性，看上去价值不菲。贾斯特斯闻到了盒子传来的阵阵香气。天鹅绒在他的手中轻轻滑动，传递出一种急切感，催促他跑得更快。贾斯特斯感觉，自己拿着的，是一个宝藏。

刚跑出墓园，贾斯特斯就发现一个非常古怪的人正倚在墙上。他穿着一件长长的黑色外套，两个耳朵像蝙蝠一样折向脸部。他东张西望着，仿佛在空气里嗅着什么，或在寻找什么。

也许是在找人。

贾斯特斯一看见他就躲进了冬青树丛里。贾斯特斯有一种直觉：这个怪人就是在等他。

莫扎特的影子

空气中飘荡着一种危险的气息。贾斯特斯果断地剥掉了盒子外面的天鹅绒。

他第一次看清它的全貌。

象牙白的眼睛，黑漆木头，银色的锁。

它是古老的，也是现代的。它是永恒。

——恰似神迹的精髓。

贾斯特斯把它轻轻地抱在怀里，一动也不敢动，如同凝固了一般安静地躲在灌木丛里。

天色渐渐变暗。午后清浅的云层开始变厚。夜晚来临时，下起了散发着槲寄生气味的冰冷小雨。贾斯特斯冷得浑身颤抖。蝙蝠男已经走了，但是贵族男人说的马车还没出现。

也许跑错门了。他想。

也许理解错了。

也许墓园的其他门外也有蝙蝠男在监视。

他将盒子抱得更紧，试图不去想太多，不去想此刻他有多冷，多害怕。雨越下越大，但他一动不动，甚至连头都没抬。他感觉很沮丧，任由大雨哗哗地浇在他身上。

终于，远远地，他听见了穿过雨声传来的马蹄声。他连忙从藏身的灌木丛中探出身去。一辆黑色的马车停在了不远处，车上没有家族徽章，也看不见行李。车停在雨里，铁制的车轮半陷在水坑里，仿佛在等待什么。拉车的马儿甩着头，鬃毛上不停地滴着水。瘦骨嶙峋的马夫淋得像只落汤鸡，挥舞着鞭子让马儿安静下来。

"吁——"

雷声在云层里隆隆作响。

贾斯特斯靠近车厢的门。有人在里面。一个男人，或许是。一个苍白得如同死人的男人。一只手从车窗中伸了出来，贾斯特斯踮起脚尖，把盒子递了上去。这只手近乎无礼地匆匆抓住了它。

车里的人没有说谢谢，而是用拐杖轻轻地敲了两下车顶。马夫挥起鞭子抽在马腹上，声音比暴风雨还要响亮。马车动起来了，车轮吱呀吱呀地滚过水坑。

天完全黑了。

贾斯特斯感觉到马车里的男人散发出潮湿的泥土的气息。

他回到家里，手里攥着下午得到的那枚银币，脑袋里浮想联翩。他觉得，自己要花上一百年，才能把今天所发生的一切想通。

到一百年时，除了一点细微的差错，他都想对了。

2

纪念我

(罗西尼,《鹊贼》,第二幕)

此后的一段时间,贾斯特斯被禁止再去墓地,他失去了络腮胡贵族、马车里的神秘乘客和黑漆盒子的所有踪迹。

春天,贾斯特斯重又走在坟墓中间,他发现维也纳公墓换了新的掘墓人和守墓人。贾斯特斯在墓地晃荡的第三天还是第四天,守墓人忍不住好奇地问他在这里干什么。贾斯特斯回答说,想当他的助手。守墓人大笑着把他送上了回家的路,他跑回来,然后又被送回去。

夏天来了,天气异常闷热。维也纳人迷信地认为这是闰年的缘故。但这个夏天并没有一直热下去。九月的一天,由于贾斯特斯一直不断地出现在墓地,守墓人要求和他的父母谈谈。他们邀请他到家里享受土豆浓汤。贾斯特斯的母亲在得知儿子去了哪里之后立刻哭了起来，他的父亲则表现得更加实际，他向守墓人询问，如果一名男孩真的在墓地工作的话能得到多少薪水。两个男人之间进行了简短的谈话，聊了几句宗教信仰，又多聊了几句关于皇帝的话题，最后握手同意让贾斯特斯尝试在墓地工作。

守墓人没有子女，他喜欢有人跟他做伴，所以贾斯特斯搬去和他一起住。他就是教贾斯特斯读书的那个人。几年下来，贾斯特斯养成了读完几页书再去睡觉的习惯。只有这时，贾斯特斯才会一边继续想象冒险活动一边闭上眼睛睡觉，并满足于一天工作职责的圆满完成。

他所做的事情，特别是他做事情的方式拥有某种魅力。

很少有人会注意到这一点，但他做事也不是为了让人注意。当他还是一个小孩时，有些人见到他扛着铁锹走近时十分惊讶，还说了一些刻薄的话。但贾斯特斯并不在意，他只是喜欢挖洞。他对这件事充满真正的热情。如果他们说得太过刻薄，他通常会瞥一眼，然后回一句诸如"我几天前见过你吧？还是说我把你错认成棺材里的人了？"之类的话，就足以让他们闭上嘴巴。

在某种意义上，死亡周围弥漫的惶恐赋予了他生存的力量。每填满一个墓穴，他都会用铁锹在新填的泥土堆上敲一下，暗暗猜测松针会掉在哪里。如果猜对了，他和亡灵都会交上好运；

如果猜错了，嗯……反正也没什么关系。

　　这并不是他父母理想中的工作（然而，谁又能真正了解别人的生活呢？）。但是，如果他们知道贾斯特斯会活多久的话，他们也许会感觉更平和一点。

　　闰年过去了，新的一年来了又去。新世纪的第一年降临了。

　　一年后，贾斯特斯满十六岁了，他从来没有离开过墓地。他对外面出现的新鲜事物都不感兴趣，墓地内则一切如常。正如他的朋友杜马斯所写的那样：死亡愈来愈宁静，愈来愈沉默。

　　在这种宁静与沉默中，黑漆盒子似乎被永远地遗忘了。

第二幕

博洛尼亚

1801

3

动荡！苦难！

（莫扎特，《假傻姑娘》，第三幕）

"蠢货！蠢货！"孩子们在空地中间叫嚷。

他们在河岸边围成半圆形，叫声响亮得压过了青蛙的呱呱声。

两个男孩在孩子群中间对峙着。他们脱掉了汗衫和鞋子，背带挂在裤子上，一边瞪大了眼睛盯着对方转圈子，一边大声喊着："懦夫！懦夫！"

"卑鄙的拿破仑！"年长的男孩趾高气扬地说。

"叛徒！"另一个男孩一边回答，一边绕着圈子。

"奥地利人！"

"共和党人！"

不论他们为什么争吵，其余的孩子似乎都站在年长的男孩那边。他长着一头金色的卷发，塌鼻子，宽肩细腿，肤色苍白，表情凶狠得像头牛。而他的对手很瘦，肤色黝黑，脸上流露出十分兴奋的神情，让他看起来好像一条雪貂。

他举起两只拳头，不过似乎并没有打算真正发起攻击和制造伤害。他看起来一点儿也不害怕，对周围的呼叫与讥讽置若罔闻，仿佛正身处于一种十分泰然的境地。若是受到厉声的侮辱，他就会从草地上跳起来，愤怒地咕哝："我一下子就能打倒你！等着瞧！等着瞧！"这样的对峙持续了很长时间。突然，金发男孩跳了起来。他大吼着朝对手扑了上去，但黑瘦的男孩及时躲开了攻击。四下里响起了观众们的口哨声。两个男孩互相朝对方挥舞了几拳，但都没有命中目标。两人拉开距离，再度绕起了圈子。

"无名小卒！"

"胆小鬼！"

"骗子！"

"马屁精！"

金发男孩发起了第二次进攻。他扑向黑瘦的小男孩，把他拽倒在地上，两个人扭着对方在草地上翻滚起来。周围的小观众们更加活跃了。两个男孩在草地上滚来滚去，谁也没法挣脱或攻击对方，只能扭成一团朝向河边滑去。等到他们设法停住

的时候，小男孩被金发男孩死死地压在了身下。

"被压在下面的感觉怎么样，嗯？"金发男孩用膝盖紧紧顶着小男孩的肋骨，不无鄙视地问道。

小男孩愤怒地冷哼了声，像猫一样扭动着四肢，想要从金发男孩身下挣脱。但这没什么用。当他发现这一点时，他毫不犹豫地低下头去咬了金发男孩的手一口。

金发男孩疼得大声哭叫起来，刚才那种得意、沉着和冷静消失得无影无踪。小男孩趁机摆脱了他的压制。

"永远要当心……被你压在下面的人！"年轻男孩大声说。他反身用膝盖抵住金发男孩，后者因为疼痛而大声号叫起来。周围惊呼声四起，观众们又吃惊又害怕。当他们看到小男孩站起来后没有逃跑，反而扑回金发男孩身上，并向他挥起了拳头时，欢呼声变得更加响亮了。

"谁是懦夫，啊？说，谁是懦夫！"他边打边问。

金发男孩一言不发地挨着拳头。他用手护着脸，仿佛小男孩的拳头只是只恼人的苍蝇。他正准备要还击的时候……

"你们在这儿干什么？走开，你们这些讨厌的小鬼！又打架？哦，看在上帝的分上，让我过去！"一个男人的声音响了起来。孩子们身旁出现了一名又高又瘦的黑衣人，是教区牧师圣·约瑟夫。看见他拿着一把长长的扫帚走过来，孩子们立刻

一哄而散，只留下草地上的两个男孩。小男孩放开了对手，站起来打算拾掇一下自己。不过这样毫无意义。他的鞋子和汗衫早就被人群中的某个孩子偷走了。他只好光着脚站在原地。鼻血流了下来，他用手背抹了一把，等着接受不可避免的惩罚。

"又是你们俩！"圣·约瑟夫一看见他们俩就大声嚷道，"皮特！焦阿基诺！你们什么时候能停止打架？这次又是怎么回事？"

名叫皮特的金发男孩艰难地站起身来。他啐了一口，然后跛着脚走到近前，"他挑事！"他指着黑瘦男孩气急败坏地说。

"说谎！是你侮辱我父亲！"黑瘦男孩反驳说。

"我说的是事实！"

"才不是！"

为了防止两人再次扭打在一起，牧师连忙挥舞着扫帚插到他们中间："看在上帝的分儿上，住手！"他说，"你！"他指着金发男孩，"马上回家！……还有你，你的鞋子呢？"他望向焦阿基诺。

"碰见这个无赖和他的那些无赖朋友之后，我的鞋就不见了！"

皮特听了，从扫帚后面探出头来示意威胁，焦阿基诺则从另一边朝他挥舞着拳头。

"够了！"牧师严厉地命令道。他牢牢地抓住焦阿基诺，直到皮特的身影消失在小路上。这时，他才一脸无奈地领着焦阿基诺，经过圣器室，来到教堂里阴凉的地方。阳光穿过小礼拜堂的窗子，在地板上洒下明亮的金色斑点。

"看在上帝的分儿上，看看你的背！"牧师一边转过男孩的身体，一边说道。

"哦，神父！求你别碰！"

整个背上布满了在草地上蹭出来的红色擦痕。

"嘴上也有？真是的……别动！"牧师边说，边试图往男孩的嘴唇上敷点冷水。

"啊！疼！"男孩说。

"你受得住！"牧师没理会他的叫嚷，"能告诉我是怎么回事儿吗？"

"他说我父亲坐过牢！"男孩嚷道。

"这是谎话？"

"……我父亲不是贼！他是爱国者！"

"他相信法国人，焦阿基诺，不是每个人都赞同他！"

"我父亲说只有拿破仑才能拯救我们！还有，别的意大利人不理解，是因为他们只考虑自己！"

好脾气的牧师拿掉手帕。

"你看见那儿的小礼拜堂了吗？"他问。

焦阿基诺点点头。小礼拜堂里空荡荡的，沉闷而乏味。

"那里曾经有一幅油画，是拉斐尔的《圣西西里亚的陶醉》。那是他画过的最美的一幅油画……乐器包围着音乐守护神圣西西里亚……"

"为什么现在没有了？"焦阿基诺问。

"因为拿破仑把它带去巴黎了……如果你想看，你得去问他！"

焦阿基诺咬着嘴唇："也许是因为我们输了战争。"他喃喃地说。

"你错了！是因为我们没输。"牧师说，"如果我们输了，他说不定还会摧毁教堂……"他平静地笑笑，"谁知道呢。"

"我父亲说，共和国是意大利唯一的出路！"焦阿基诺固执地继续说，"还有那些贵族……"

牧师由衷地笑了。他没理会男孩漫无边际的话，而是去抽屉里找了一件旧汗衫，好让他可以穿着回家。

"你父亲这段时间找到什么演出的地方了吗？"

男孩静静地站着，双手握拳，直视前方。这个问题他没法回答。

"谢谢。"他接过牧师递过来的汗衫，"我明天还给您。"

牧师不甚在意地摇摇头："不值得为这种事打架，孩子……"他说，"这是一周内你们第三次打架了……"

焦阿基诺往下压了压乱蓬蓬的头发。

"想想美好的事，享受阳光，喂饱肚子，学门手艺。其他的随别人怎么去说。"

汗衫散发出一股熏香的味道。

"拉斐尔的油画怎么办？"焦阿基诺问。

"我们一直在做的……"牧师说，"如果你认识哪位不要报酬的天才艺术家，跟他说，我们有一个好地方等着他的画。"

"但那就不是拉斐尔的画了。"焦阿基诺咕哝道。

"你怎么知道他不会成为下一个拉斐尔呢？……今天就说到这儿。赶紧回家，别再让我抓到你和皮特那帮孩子打架！"

4

一旦想到那金属

（罗西尼,《塞维利亚的理发师》, 第一幕）

　　焦阿基诺整理好背带, 两手插在裤兜里, 独自穿过城市。杂乱的思绪在他的脑海中翻飞。牧师的话并没有缓和他对皮特及其朋友的怒气, 甚至城市的热闹气息也没有令他平静下来。博洛尼亚正如往常般迎接着夜晚的来临。街道的天棚下挤满了漫步的女士, 高耸如船桅的斜塔脚下, 学生和即兴演讲者们在酒吧的桌边吵吵嚷嚷。海神喷泉前, 几个外国游客正在用随身携带的水彩速写或作画。孩子们指着胸膛正在喷水的海妖雕像。"即使是巴黎也比不上这里美丽!"他心想。突然间, 巴黎变成了一座敌对的城市, 法国人变得无比遥远。朋友还是敌人? 他怎么可能知道? 焦阿基诺走了很长一段时间, 然后才决定回家。他光着脚, 心情烦躁, 先是在丝厂前踌躇了一会儿, 而后经过小吃店和店里的木桌子，经过理发店，最后在食品店前停下来——他家就租住在店面楼上。他们在城西租了一间不大的住所，靠近波尔塔萨拉戈萨。

"总有一天我会住上更好的地方！"焦阿基诺边说着，边两步并作一步地爬上楼梯。他打开门，一股浓郁的肉汤的香味飘了过来。

"是蚕豆吧。"他猜测。

他走进房间。父亲的乐器搁在一边的地板上。父亲曾经作为巡回音乐家用这些乐器在当地的节日上演出。那时，他既没有组织革命活动，也没有被当局逮捕。他过去经常步行去附近的小镇和村庄，因此他知道所有的大道和小路：从博洛尼亚到他先前生活的佩扎罗，从博洛尼亚到佛罗伦萨，从博洛尼亚到卢戈、费拉拉再到波河谷地。焦阿基诺陪着父亲走过很多次，所以也很擅长辨认方向和抄捷径。

母亲出现在走廊尽头，美得像圣母玛利亚。她站在家里仅有的油画下面。他们匆忙逃到这座城市时，只带出来一幅油画。

"怎么回事，焦阿基诺？"她问。

焦阿基诺继续用青肿的鼻子嗅着香气。他把一只脚踩在另一只上，试图隐藏光着脚的事实，反而陷入了一种只有在母亲面前才会感觉到的尴尬之中。他没有说话，也没有朝她走过去。

她一看到他肿胀的嘴唇就明白了。

"哦，不愧是罗西尼的儿子！一有机会就准备挥出拳头！"虽然这么说，但她看上去并没有真的生气，"你什么时候能停止打架？"

"不可能！"焦阿基诺回答，避开她的怀抱跑向饭桌。

父亲正像往常一样坐在红白格子的桌布前。他长着浓密的胡须，看起来像个大人物。他冲儿子笑了笑。

"只有一件事比打架重要！"他小声说。

"是什么？"焦阿基诺问。

"打赢！"他的父亲朱塞佩低低地说。当妻子看过来时，他立刻像训练有素的士兵一样挺直了脊背，"你说了算，亲爱的！"

焦阿基诺大笑起来。母亲给他端来用陶碗盛着的肉汤，里面浸着一片蒜蓉吐司面包。填饱肚子后，他嚷道："我决定好长大后要干什么了！"

"说来听听！"

"当一名大将军！"男孩回答。

母亲显然对此很生气，但父亲却放声大笑起来："将军，啊？"他说，"多么伟大的理想！"

"朱塞佩！"他妻子惊惧地喊道。

"不，不，我是认真的。"男人继续道，示意她交给他解决，"如

果你想成为将军，那可不能浪费时间！想要成为将军，焦阿基诺，你首先要学会骑马；要学会骑马，你得先学会怎样控制缰绳和坐在马鞍上。如果你想让马按你的指示行动，在我刚才说的事情之前，你只要先学会一件事……"

朱塞佩·罗西尼戏剧性地停了很长时间，等浸透汤汁的面包在他儿子的手里软掉，"扑通"一声掉进碗里时，他才继续说："你必须学会说佐立先生！"

焦阿基诺满面疑惑地看向母亲。他根本不知道佐立是谁。看见母亲低着头忍着笑意，他就知道父亲肯定又在玩把戏。父亲出了名地爱耍把戏，大家都叫他"戏弄狂"。

"佐立是谁？"焦阿基诺坐直身体问。

佐立开了一家铁匠铺，就在离食品店不远的地方。他很擅长打马掌。在焦阿基诺知道佐立是谁后，父亲和这个老头很快便达成一致，给他找了份"工作"。他站在风箱前，暗自埋怨自己说话太冲动。这是一个巨大的风箱，焦阿基诺必须用一定的节奏推拉才能让火苗保持燃烧。经过一个星期的艰苦工作后，他发现自己其实很享受待在铁匠铺的感觉。这时，他已经从风箱前转移到铁砧前，开始敲打马掌或是让断掉的锁重塑成形。他发现他能以此发泄掉全部的多余精力，只是总会从头到脚沾上一身烟灰。当烟灰覆满全身只露出一双眼睛时，他会跳进一

个喷泉里，随后很快回到铁匠铺。忙于工作，一身烟灰，这意味着他再也不会撞上皮特和他那帮废物朋友了。他天一亮就出门，在铁匠铺的天棚下独自等待佐立先生开门。但其实他这么做只是因为小吃店的老板在看见他时会送上一份爱心早餐。"焦！"佐立先生会叫他，"把钳子递给我！你把解剖刀放哪儿了？焦！我需要起模板！"

这些新词语像火花一样在他耳边噼啪作响。他喜欢锤打的声音，喜欢水滑过脚踏锉刀的声音。工作占据了他的思想，挤走了其他想法。他开始唱歌。他第一次唱歌的时候，老头儿很是着恼，语态粗暴地叫他闭嘴。在凿子和风箱制造的噪声里，他悦耳动听的声音显得格格不入。这让老头儿感到困惑：这个男孩在唱什么呢？是人人知道的流行小调吗？是哪种音乐？赞美诗吗？

在打铁炉的火苗边唱？

"够了，焦！闭嘴！"他说，汗水流进他的眼睛，"安静！"

但焦阿基诺通常不会听他的话，而是继续唱歌。他唱的曲调是从弥撒或是主广场的音乐合奏上听来的。他不记得歌词，所以参照拉丁文圣诗用方言编了几句，他唱出来的旋律非常清澈纯净，很快就有几个过路人在铁匠铺前停下来听他唱歌。他们问佐立先生，这个有着优美嗓音的男孩是谁。一开始，佐立

先生什么也没说，想也不想就把他们都赶走了。——这里是打马掌和修钥匙的铁匠铺，可不是什么公共娱乐场所！可是后来，随着时间的流逝和问询的增多，他自己也开始喜欢上小罗西尼的歌曲。男孩唱歌的时候总是张开手臂，可陪伴他的却只有风箱和铁砧。习惯了这优美的歌声以后，如果男孩不唱了，他就会感觉少了点什么东西似的。"焦，没什么事吧？"他会焦躁地问，"如果有什么事的话，就跟我说说。"

路过铁匠铺的人们热烈地讨论着："今天没唱。"如果经过时听不见男孩在唱歌，他们会这样说。

"他遗传了他母亲的歌唱天赋。事实上，他唱得比她还好。"女人们打开窗户，听着街上传来的喧闹声，一边晒衣服一边说。

"很快就会有一家音乐公司和他签约。"也有人这样说。他们遐想男孩会跟随父母的脚步，参加当地的节日演出。他们设想他会在琴托和费拉拉的庆典上歌唱，也会在宏伟城堡的绿荫庄园里歌唱。

听到这些传闻，佐立先生的心情变得非常低落。已经习惯了男孩存在的老佐立无法否认，焦阿基诺是他见过的最好的学徒。他的铁匠铺里从没有进来过这么多好奇的路人。他们在好奇的同时，也找他修理轮子、马掌和插销。

一天，焦阿基诺奉命打磨一把剑。他从没见过这样的剑。

他曾经偷看过父亲藏在阁楼里的武器箱，但这把剑与其他的武器全然不同。它很长，像植物的茎秆一样逐渐变细，像冬天的雪一样冰冷。一位陌生的先生把它留在这里，并叮嘱他很快会回来取。

焦阿基诺使劲踩着磨石的踏板，小心翼翼地进行打磨。先是一边，然后是另一边。剑刃仿佛在歌唱。他太过惊叹于剑的轻盈，以致在陌生人来取剑的时候忘了收取费用。

老佐立蹒跚地追到街上，回来的时候满脸怒容。他在脏兮兮的围裙上擦了擦手，说："小子，今天你的脑子呢？他怎么看都是法国人，你竟然忘了要钱？"

"他是法国人吗？"焦阿基诺惊愕地问。他又一次发觉，自己必须要决定支持哪一边了。这把优美的剑让他对法国人和巴黎的好感倍增。

回到家，他听到一个令人惊讶的消息。父母亲听说了人们对他的歌声的议论，决定送他去普里内蒂神父那里学钢琴。

"上学？"

"只是钢琴课，焦阿基诺！"

"我不在的话，佐立先生怎么办？"

"你练完钢琴就能去找他！"

"算了吧！"他态度粗鲁地说，"我不去！"

5

慈悲的天堂如此危险

（罗西尼，《穆罕默德》，第二幕）

"一、二……三！三！你得弹do，孩子，第三个琴键，第三个，不要凭感觉！看我的手……看！拇指、食指、拇指。一、二……三！"数到三，普里内蒂神父按下了钢琴中央的C键。他继续看着年轻学生的眼睛，试图让对方理解他过去几个小时里说的话。但焦阿基诺的表情呆得像条鲑鱼，一点儿也不像刚来时的聪明样子。

普里内蒂神父高傲地扬起下巴，放开琴键，音锤砸下，房间里回响着琴音。他昂着头，自琴凳上站起来，迅速转过身，走向俯瞰门廊的窗户。

他打开窗，似乎急需氧气。市集里此起彼伏的喧闹声涌入室内。

"这样没用。"这时，焦阿基诺坐在吱吱呀呀的琴凳上低声说。

"你说什么？"音乐老师问。

"没什么。"男孩飞快地说，"我什么也没说。"

"我听见了！"

"你听错了！我没有张嘴！"

"你说这样没用！"

"你听见了！"

"谁说的？"

"不是我！"

"那是谁？"

"街上的人……"

"孩子！"

焦阿基诺叹口气，认输了。他放松肩膀，咕哝道："老师，是你自己听见的！"

他弹奏着讲台上放着的乐谱里的几个音，在第三乐章时遇到了问题重重的 do……他停下来，举起右手，华丽地停顿了一下，然后开始弹接下来的音符。"这样听起来是不是好点儿？"他得意地问。

"好点儿？好点儿？不，不好！这样不对！"老师咆哮道，

"不——正——确！也许你的视力有问题。我应该让你父亲给你配副眼镜！乐谱上 do 的正确位置……"

"我知道乐谱上的 do 在哪儿！"焦阿基诺怒道，"但我跟你说，这根本不重要！"

"不重要？"

"对！"男孩说，"乐谱是一码事，do 落在哪儿更好是另一码事。如你所听……如果你跳过 do 继续下面的音符……会更好……噢噢噢！"普里内蒂神父揪着他的耳朵，把他从琴凳上提起来，阻止他继续弹琴。

"你说的不重要的东西是巴赫的乐谱，年轻人！约翰·塞巴斯蒂安·巴赫！复调音乐大师！赋格曲专家！"

"放开我！我的耳朵！你弄疼我了……"

"你到现在都干了些什么？可怜的塞巴斯蒂安九泉之下也不会安宁！"

"可是我……"焦阿基诺呜咽着说。

"可是我！可是我！可是我！"老师大喊，脸孔涨得通红，"音乐没有可是。搞清楚旋律如何重复，fa-la-do！fa-la-do！然后重复，fa-la-do……"

"然后休止。"焦阿基诺喜不自禁地说，"暂停琴音！让可怜的钢琴喘口气！感觉它像是一直在被暴雨冲击！"

慈悲的天堂如此危险

"从头再来!"老师边喊边把乐谱翻回去,"从头再来!"

男孩低下头,头发垂在眼前,手指搭在白键上。这期间,老师一直嘟囔说:"让 do 中止!听听!让琴喘口气!即使最糟糕的室内音乐也不会这样!结果你还坚持己见!好像你比巴赫还懂似的!我不允许,想都别想。你以为你是谁?天才儿童?天才儿童的事我们听过太多了,比如死于百日咳的莫扎特,还有他姐姐,明显你可以虚心研究研究!他们弹琴!他们弹复调音乐!第三个琴键!第三个!如果你不在第三个琴键 mi 上降半音,你就没法转动你的手……就像这样!动那根拇指,然后从下面穿过去。啊,我几乎能看见他,伟大的塞巴斯蒂安,他在坟墓里堵住了耳朵!除非你学会怎样读谱,学会怎样写谱,学会怎样按乐谱弹奏……否则一切都是空!"

随着那个特殊的音符越来越近,老师也越来越安静,房间里的氛围变得紧张不安。焦阿基诺弹得非常小心和努力,组成旋律的音符在两只手中间来回跳跃,在琴键上起起落落,时而相互缠绕,时而相互追赶,可那个受诅咒的音符还是不可避免地来了。

普里内蒂神父完全安静了下来。他下意识地抬起下巴,眯起眼睛,像猎鹰一样准备去享受顽固的年轻学生终于接受乐谱的那一刻。

莫扎特的影子

一。

二。

……

"不对！"他难以置信地叫道，这次仍旧没有 do。"这不可能！不！不！焦阿基诺·罗西尼，看在上帝的分儿上，住手！你在摧残我的耳朵！够了，求求你！"

室内明显陷入了沉默。

"我可以走了吗？"令人窒息的沉默过后，焦阿基诺问。他宁愿随便去什么地方也不想再待在这儿了，去和皮特打架，或是去铁匠铺打铁，怎么都行。他透过敞开的窗户，看见蓝色的天幕和城郊的一小片树林。如果他能消失就好了！

"走？"普里内蒂神父咆哮道，"你哪儿都不许去！我才要走……而且我打算去酒馆喝酒！"他边走向门口边说，"我要去冷静一下，你给我继续坐在这张琴凳上练琴，一直练到你能完美弹奏整首赋格曲为止！如果我回来时发现你没在琴凳上，你就麻烦大了。听见了吗？麻烦大了！"

普里内蒂神父把门摔得咣咣响。

"麻烦大了！"他在走廊上又一次喊道。

"麻烦大了！麻烦大了！上帝的使者说。"男孩嘀咕道，做了个鬼脸。

慈悲的天堂如此危险

他嫌恶地看着乐谱上的音符，感觉它们像墨迹中间的苍蝇。

普里内蒂神父不在，音乐教室里异常安静。焦阿基诺努力照着乐谱弹了一会儿，好让自己不那么孤单。随着时间的流逝，伴着窗外市集上传来的叫卖声，他的指下渐渐流淌出自由欢乐的音符。莱比锡伟大的作曲家——巴赫先生的乐曲一点点在他的手下消融，赋格曲的简谱音符变成了许多不同的韵律。死板的节拍变得柔和起来。复调音乐的精确性褪去光环，教堂里的琴声开始变得如喧闹的市集般欢快。随着音阶的上下起伏，仿佛有一块色彩明艳的地毯正在缓缓铺开。焦阿基诺犹豫着开始改动这一作品。他的手像不受控制一样，第一根手指、第二根手指、第三根手指……全部手指，随着心境的变化，音乐也在改变。他继续弹奏着，陶醉于这些突如其来的音符之中。他仿佛可以闻到美餐的香气，它淹没了教堂大理石冰冷的味道。焦阿基诺放弃赋格曲，开始自由发挥起来。他大笑着，管风琴的铜管变成了他手中的花束，花越开越多，越开越多，超出想象……焦阿基诺交叉着手指停了下来。

他发现自己喘不过气了，这才意识到刚才竟忘了呼吸。他甩甩头，大笑出声。笑声刚落，他就听见身后响起个声音："你弹的是什么？"

焦阿基诺差点儿从琴凳上摔下来。他一直以为房间里没有

别人。

　　他转过身，看见一名身材矮小的修道士。他的脸半掩在粗布兜帽里，让人无法从露出来的半边脸上分辨出他的年纪。他的鼻子瘦削高挺，额头光滑，长着灰白的短络腮胡。修道士的手藏在衣袖里，但焦阿基诺似乎看见它们仍然在随着音符摆动。

　　"对不起！"焦阿基诺有点儿尴尬地说。他边说边站起来，结果绊到了琴凳，它卡在地板上的一道裂缝里，然后哗啦一下翻倒了。

　　"哦，我真是笨手笨脚！"他说。

　　他把琴凳扶起来，修道士依然站在门边，等待他的回答。

　　"对不起……"焦阿基诺说，"我没听见你在那儿……我沉浸在音乐里……而且……"

　　"你弹的不是约翰·塞巴斯蒂安·巴赫的曲子。"修道士平静地说。他说到约翰·塞巴斯蒂安·巴赫这个名字时，仿佛在说一个老朋友。

　　"不完全是，不是的！"焦阿基诺边说边顺着头发，好像他的头发需要打理一样，"音乐是……我自己……但借鉴……"他吃力地翻着乐谱，读着赋格曲简谱。

　　"你经常这么做吗？"修道士问。

　　"什么？"

"借鉴，编曲。"修道士柔和地问。

"哦，不经常！……也可能是经常！我也不知道，我无聊的时候会这么做。"男孩承认道。

"你写下来了吗？"

"什么？"

焦阿基诺发现自己总是用问题回答问题。不过幸运的是，修道士看上去并没有因此生气。

"你编的曲子。"他说，"你把它们写下来了吗？"

焦阿基诺惊讶地瞪大了眼睛："没有，这个……我从没想过……"

"也许你该写下来。"修道士说。

他没再说什么，低下头，转身离开。他的手依然藏在袖子里。他步履轻快地走在管乐器和墙壁之间……随即消失了。

焦阿基诺想把他叫回来。他追到走廊，但修道士已经不见了。

他只能听见绕着回廊飞来飞去的燕子唧唧喳喳的叫声。

他甚至听不见修道士的鞋子踩过石头地面的声音。

6

不，不想死

（罗西尼，《唐克雷蒂》，第二幕）

同一时期，维也纳公墓发生了一件不同寻常的事。在公墓工作的这些年里，贾斯特斯见过很多人在小道上闲逛。当然，大路上也是同样的情况。许多年前，他就是在大路上遇到那个给他黑漆盒子的络腮胡男人的。

他们总是假装毫无目的地闲逛，其实是想找到一条特别的小道。当贾斯特斯上前询问时，他们就会承认是在寻找沃尔夫冈·阿玛多伊斯·莫扎特的墓地。大音乐家莫扎特，他在事业生涯的巅峰时期出人意料地死于咳嗽。

死于神秘的疾病。

也可能是死于女色。

"他身体虚弱……"有人说。

不，不想死

"他过于奔波……"有人说。

"都怪他父亲……"也有人说。

人们寻找莫扎特墓地的原因多种多样：多数是音乐家来祈祷，希望得到大师的保佑；其他人纯粹是出于好奇，尤其是年轻情侣，他们似乎是受到传闻的吸引而来。人们对莫扎特的死因莫衷一是。

"我跟你说，他死得正是时候！"一个胖乎乎的男人这样说。他发誓自己揣着一系列的证据，但最终一个也拿不出来。

贾斯特斯虽然也感到好奇，却对这些问题持保留意见。他在与几名优雅女士的接触中发现，莫扎特和他的妻子之间毫无感情。事实上，她根本没有出席他的葬礼。贾斯特斯可以肯定这一点。但他同样也肯定，这位名叫康斯坦斯的女子几天后出现在公墓，徒劳无功地寻找她丈夫的墓地。她骨瘦如柴，掘墓人也无法给她指出正确的路径。除了小时候躲在一边的贾斯特斯，谁也不知道莫扎特埋在哪儿。但他决定保守住这个秘密。遇到有人问路，他有时指指这座墓，有时指指那座墓，反正一排墓地里没有一座墓拥有名字、标志、墓碑或任何形式的铭文。

"莫扎特想跟他妻子的妹妹结婚，但后来又回到她身边。这事儿不是真的，你知道吗？"年老的妇女揭开秘密。但他们毫不惊讶，还补充说："她再婚了，很幸福。"

莫扎特的影子

　　他们躲在遮阳伞下，仿佛有必要保护莫扎特的消息不被太阳照到。

　　每当人们向贾斯特斯吐露某些消息时，他们总是期待他能礼尚往来。可贾斯特斯根本不会回应什么，反而会把他们赶走。他们感觉上当了，却只能气冲冲地走开。

　　除了与莫扎特妻子有关的事，他很快又注意到一则传闻：莫扎特死前不久正在创作他最重要的葬礼弥撒《安魂曲》——后来有人续写了这首乐曲（狗尾续貂，一位穿着华丽背心的男人宣称），这首作品可能才是导致他死亡的真正原因。"忘掉咳嗽和疾病吧！莫扎特是被马钱子毒死的！"

　　贾斯特斯觉得十分可笑：真是荒谬！谁会蠢到只是为了续写葬礼弥撒就毒死一名作曲家的？

　　可是谣言甚嚣尘上，甚至还有人将罪责指向了意大利作曲家安东尼奥·萨列里。据说，他非常嫉妒莫扎特。贾斯特斯没听说过他，在这些人问起来之前，他甚至不知道莫扎特是谁。他们问的是莫扎特而不是萨列里，仅仅是因为后者还没有死——这就是所谓的嫉妒吗？

　　最后，大师的几名学生出现在公墓，贾斯特斯很快就和他们熟识起来。他学会了更深地理解这位伟大的人物，对他的生平也越来越熟悉：他小时候就开始弹琴，他蒙着眼睛都能弹琴，

不，不想死

他十岁就开始作曲，他拉小提琴时能迷住看守。他们告诉他，莫扎特只需几天时间就能完成一部歌剧，他写乐谱的时候，脑子里仿佛早就想好了音符。贾斯特斯对歌剧只有模模糊糊的印象，对乐谱更是一无所知，但他不愿意打断他们说话。他能在他们的言词中感受到一种由衷的钦佩，这使每一个故事听起来既真实又可信。他们模仿他，欣羡他令人称奇的创造力。但在贾斯特斯看来，他们最终也没有真正弄懂这个男人。

一天，莫扎特的姐姐出现在了公墓。她因为找不到弟弟的墓地而显得非常伤心，仿佛来到这里就已经用尽了她全部的力量。贾斯特斯决定说服墓地管理者为莫扎特造一座假墓，墓前放一尊小小的雕像和一个至少能让他们摆花的花床。

在这些一心想寻找莫扎特墓的人当中，有几个人看起来特别神秘。贾斯特斯称呼他们为"神秘人"。他们都是男性，并且像其他人一样，竭力隐藏他们出现在这里且对这里充满兴趣的真正原因。可是显然，长外套和行为方式让他们比别人更加显眼。奇怪的是，他们对于自己出现在这里的原因感到模糊不明，仿佛不确定自己是来寻找秘密的，还是来保守秘密的。他们打扮得十分优雅，让人印象深刻。他们完全无视贾斯特斯建造的假墓，径直向真正的墓地走去。在他们"视察"期间，一辆马车就等在公墓的墙外，拉车的马仿佛随时

莫扎特的影子

准备飞奔。一切都显得重大而神秘，仿佛有什么事即将发生。神秘人总是回避与人们交谈。贾斯特斯有几次听见他们在商量事情，不过他只听到几个令人费解的词语。但是最后，一件不寻常的事情发生了。

1801年5月的一天，下班前，贾斯特斯对公墓进行巡视，结果发现自己遇见了一位老熟人。贾斯特斯远远就认出了他：黑外套，白手套，脸上带点儿阴郁的放荡表情。这个男人穿着黑色的燕尾服套装，戴着一顶试图遮住他奇怪的尖耳朵的帽子——蝙蝠男，十年前在公墓门外徘徊的男人，吓得贾斯特斯躲进灌木丛的男人。这次也是一样，不知不觉间，他又躲在了柏树笔直的树干后面。

不用说，这个奇怪的男人正站在莫扎特墓旁，东张西望，满面阴容。他的右手放在上衣的翻领后面，一看见贾斯特斯就拿了出来，好像他藏着一把刀似的，可其实什么都没有。被发现的贾斯特斯感觉十分尴尬，他装作漫不经心地朝男人走去。蝙蝠男立刻挺直脊背，用怀疑的目光注视着他，两只手握成拳抵在身侧。贾斯特斯莫名地模仿起他的动作，仿佛这是一种礼节似的。这时，蝙蝠男说话了："他们派你挖墓了吗？"

"如果有需要的话，我会的。"贾斯特斯回答，"但是没人让我挖。"

不，不想死

蝙蝠男阴森森地笑了："啊！"他响亮地说，随即以命令的口吻道，"过来！"

贾斯特斯照做了。他靠近蝙蝠男，闻到他身上散发出的腐烂气息。"今晚不要离开你的房子。明白吗？"蝙蝠男阴沉地道。

"明白。"贾斯特斯回答，"我从不离开我的房子，先生。"

蝙蝠男用尖尖的指甲抵住贾斯特斯的下巴："我没时间和你开玩笑，守墓人。"

"我也一样，先生。"贾斯特斯踮起脚尖，想要避开他的碰触。

"我是在命令你。"蝙蝠男继续说。

"我明白。"贾斯特斯回答。

蝙蝠男咻咻地笑了，看起来对这个回答很满意。他抛出一枚银币，把它丢在贾斯特斯脚前，就像把骨头扔给狗一样。

这是付给他的封口费吗？——年轻的守墓人直视着男人的眼睛。

"守墓人，现在你可以走了。"蝙蝠男说。

"如你所愿。"贾斯特斯回答，转身离开。

他没再多说什么，也没捡起银币。夜色降临时，他按照命令待在小屋里。他听到远处传来抱怨声和许多其他的声音，还有铁锹砍木头的声音，然后是骂骂咧咧的诅咒声。

贾斯特斯在小床上翻了个身，想继续睡觉。

莫扎特的影子

但他睡不着。

他一直睁着眼盯着黑乎乎的房间。最后，他叹了一口气，起身走到外面。

夜里的墓地仿佛一片秘密森林。灯光黯淡，雕像宛如幽灵，低语的昆虫像在吟唱神秘的颂歌。贾斯特斯提着一盏巡夜灯。他光着脚，没有发出任何声音。他来到莫扎特的墓前，看到墓上堆着刚被挖过的泥土。蝙蝠男不在这里。柏树的树干上靠着一把铁锹。地上有什么东西在灯光下闪耀。贾斯特斯跪下去伸手摸了摸。他以为是男人扔给他的银币，但不是。他凝视手心。是一枚戒指。一枚小小的银戒，上面刻着狮身人面的图案。

一定是蝙蝠男在挖土的时候不小心掉下来的。

贾斯特斯反复端详它，上面的狮身人面像让他寒毛直竖。

抬起头，他看见天空呈现出深靛蓝色。再过几个小时天就亮了。他想起十年前的雨夜，三更半夜出现的马车，散发着潮湿的泥土气息的男人。

潮湿的泥土。

他小心翼翼地在莫扎特墓前站起来。

墓园万籁俱寂，鬼魂的低声细语像夜色一样温柔。

"原谅我，先生，但……"

他拿起铁锹，插进新挖过的潮湿的泥土里。

不，不想死

"我很好奇……"

他没再说话，一直向下挖，所用的时间比蝙蝠男还短。贾斯特斯发现，莫扎特的棺材就埋在他遇见络腮胡男人那天，棺木下葬的地方。

可是，棺材里空无一物。

7

哦，我会永远记得那天

（罗西尼，《赛米拉米德》，第二幕）

下一节钢琴课上，焦阿基诺勤奋地练习巴赫的乐曲，按照老师普里内蒂神父的要求弹奏第三乐章的 do，用两根手指轮流按着音阶。他觉得自己弹得糟透了，可普里内蒂神父却非常满意。

"好！孩子，我们成功了。"神父喜气洋洋地搓着手，把学生的进步归功于自己严格的教学方法。他没再耽搁，立即从房间另一头的柜子里找出一沓乐谱，挨个儿翻阅，挑选接下来要教的乐曲。

"孩子，纪律。你需要掌握音乐的纪律、方法和应用。还有，你需要技巧。技巧！"

如果想争辩的话，焦阿基诺会反驳说，在他看来，演奏的热情和渴望更加重要。但他无意争辩。他强迫自己不要为了乐谱去恳求老师。和刚刚弹过的曲子相比，他其实想要一本不那么悲哀的乐谱。

他有一个计划。

或者说接近一个计划。

普里内蒂神父兴致勃勃地递给他一页乐谱，上面写着成千上万的音符，弹奏的时候需要他频繁反复地交叉手指。他勉强地露出笑容。在神父赞颂乐谱的美妙时，焦阿基诺在寻找合适的时机开口说话，一直等到老师断然按下琴键，演示了新乐谱的几个片段。当他似乎已经演示结束的时候，焦阿基诺貌似不经意地问："那天有一名长着灰白短胡须的修道士经过这里，他问了我一些问题……或许你认识他？"

普里内蒂神父放下乐谱："有可能，"他说，"也许是布拉泽·卡洛？"

"他的身材瘦削……"焦阿基诺补充说。

"那肯定不是布拉泽·卡洛，那么……"

"说话带着德国口音……"

音乐老师想了一会儿，然后说："啊！当然！那一定是布拉泽·萨拉斯特罗。他们叫他'教师'……但我不确定他是不是教师。事实上，大家都说他是个奇怪的人。"

莫扎特的影子

"真的吗？"

"我不认识他，但是听他们说过……"

他说的"他们"是小酒馆里的人。焦阿基诺心想。

"据我所知，很少有修道士愿意和他扯上关系……他甚至不住在修道院或是分给教师的房间里……"

一名独来独往、自我隔绝的乖戾修道士，这足以激起焦阿基诺的好奇心。

"他是教什么的？"他问。

普里内蒂神父咂咂舌："哦，没人知道……也许是自然科学？我只知道，他喜欢表现出一副学者派头。你知道，法国启蒙运动的那种学者，先搞一场大屠杀，然后再用他们自己的体系评价一切……"说到这儿，普里内蒂神父像鸟儿唱歌一样嘲弄般地拖长了声音，"你知道我的意思，不是吗？"

焦阿基诺不知道，但他想最好不要表现出来。这是他第一次听到"大屠杀"这个词与革命联系在一起。对他而言，他只是听父亲说过，革命是一场反抗君主专制压迫的人民解放运动。

"总之，他肯定教点儿什么，我相信他是私人教师。因为他住在大楼东翼的尽头，并且经常出入拉努齐家……"

拉努齐家是城里最具影响力的家族之一，焦阿基诺甚至知道他们家的房屋在哪儿。他沉默地听着，偶尔鼓励般地点点头，

好让他的老师继续说下去。普里内蒂神父像一条河般滔滔不绝。他神经质地摆弄着乐谱，继续道："无论如何，如果你再碰见他，告诉他你在我这上课，他就不会打扰你了。现在的时代真是奇怪！你不能相信任何人，不是吗？每个人不是站在这一边，就是站在那一边！共和主义或独裁政治！与此同时，城市却在走向堕落。你知道为什么吗？因为……注意听我说，我们应该留在教皇国的统治之下，听从教皇的指引！忘掉那些新奇怪异的理想吧！"

焦阿基诺笑笑，勉强点点头。几个东拉西扯的问题过后，他得到了想要的信息。在接受学生请教的时候，普里内蒂神父展现了出色的知识储备。他非常了解学院和科学学会各个房间及走廊的布局，还绘声绘色地描述了建筑周围的道路。

焦阿基诺把一切都记在了脑子里，然后假装在听普里内蒂神父的新指示。按照神父的说法，这些指示能让他完美地弹奏下一本乐谱。课程结束后，焦阿基诺没有像往常那样急急忙忙地冲向大门，而是告别了普里内蒂神父，然后小心地关上音乐教室的门，深吸一口气，朝相反的方向走去。

根据普里内蒂神父所说的，他需要爬一层楼，然后穿过自然科学教室——无论自然科学教室是什么样子的。焦阿基诺没有费神去想它。他爬上一段楼梯，向左转，走向走廊尽头，然

莫扎特的影子

后像他记住的那样继续左转。走过这些陌生走廊的时候，尽管他非常紧张，却仍装出一副随意的样子。

他首先经过一间装着蚀刻版画的教室，接着是一间放着希腊雕塑复制品的教室，然后是一间挂满陆地和海洋地图的地理教室，再然后是一间挂满各种自然现象——从雪到风暴，不一而足——的画作的教室。他年龄太小，即使昂首挺胸又有礼貌地向遇到的每一个人打招呼，仍旧冒充不了学院的学生。他只有十岁，穿着短裤，露出脏兮兮的膝盖，胳膊底下夹着一张乐谱，倒像是一个小跑腿的。事实上，也没有人拦下他。他一直走到最后一条走廊的尽头，自然科学部就在这里。它由六间巨大的教室组成，每间教室里都放置着保存有多种收藏品的架子。第一间教室的架子上有宝石、磁铁、白铁矿块、木球、白垩粉、琥珀、硫黄和沥青，第二间教室的架子上有木块、树叶、花朵、药草、树根和各种蘑菇，第三间教室的架子上有贝壳、珍珠、鱼类、蛆、蝴蝶、蜗牛壳和虫子，第四间教室的架子上有苍蝇、蛇、动物标本、蜥蜴和鳄鱼，第五间教室的架子上有鸟蛋、羽毛、角、脊椎、动物头骨和残缺的骨架。最后一间教室最昏暗，里面有一具庞大的裹着脏裹布的埃及木乃伊和一张恐怖的黑脸。这些东西让他目瞪口呆，心跳加速。他飞快地跑出教室，摆脱掉木乃伊的诅咒，来到大楼东侧的螺旋楼梯处。

哦，我会永远记得那天

他噔噔噔跑下楼梯。刚才遇见的一切让他既兴奋，又害怕。他下了两段楼梯后，发现前面是一道上了锁的门，门的另一边是一个花园。他试图晃动门，但没用。他越是使劲儿就越想呼救。

不知道为什么，他的心脏开始越跳越快。

"冷静，焦阿基诺。冷静！"他对自己说，双手仍握住门闩。

他转过身去看刚才走过的楼梯。他惊恐地听见，有脚步声正在向下走。

"哦，上帝……"他大声说。他无法阻止自己把脚步声的来源想象成自然科学部里那些木乃伊、骷髅或动物标本。

"别想了！"他觉得自己快要疯了，他对自己说，"够了！"

他闭上眼睛深呼吸，然后睁开眼睛，强迫自己冷静下来。

楼梯上的脚步声清晰可闻。它们不是想象的产物。它们越来越近了。

焦阿基诺急切地环顾四周，寻找可以躲藏的地方。终于，他藏进了门旁边厚厚的窗帘后面。

过了一会儿，他听见了女人的哼唱声，才彻底地放松下来。一名女佣出现了，胳臂下夹着一个大柳筐。她把柳筐放在地上，一边哼着歌，一边从围裙里拿出一把钥匙来开门。焦阿基诺从窗帘后面看见她雪白的脖子和肩膀，柔软的头发，还有筐里的衣服。

莫扎特的影子

　　女佣打开门，用脚尖抵住，抱起筐子走到草坪上去晾衣服。焦阿基诺目视着她沿着一条狭窄的小路前行，直到她走得足够远，才从窗帘后面出来。他打算沿着同一条小路溜进去。可就在他准备走出门的时候，他听见楼梯处传来几声钢琴乐声。

　　乐音？

　　钢琴？

　　"就看一眼。"他自言自语道。他关上门，不过没有锁，以给自己留个出口，"看一眼，然后就从这里出去。"

　　他一边用耳朵捕捉最轻微的乐声，一边背靠着墙，一步一个台阶地向上蹭去。他来到那条通向木乃伊教室的走廊，不过这次需要继续爬楼梯。螺旋楼梯转了一个弯，两个弯，三个弯，比刚才通向那道门的楼梯长多了。

　　终于，他来到了一扇古旧的木门前，它似乎就在大楼的楼顶下面。木门半掩着，可以听见另一边传来的轻微撞击声和地板的嘎吱声，偶尔可以听见一声乐音，无疑是钢琴，但有时也有小提琴。焦阿基诺贴着门缝往里瞧，从这个角度只能看见一片木地板。他微微推开了一点门，跪坐在地上，换个方向朝门里看去。

　　这是一个明亮的大房间，木质构架支撑着房顶。太阳透过两扇打开的窗户照进来，灰尘在光线里打着转儿。房间正中放

着一架看上去又破又旧的钢琴，旁边的石墙内则安置着一座大壁炉。房间对面的地上架着一张简陋的小床。地上铺的旧地板没有固定，在这间奇怪阁楼唯一居住者的脚下嘎吱作响。

布拉泽·萨拉斯特罗。

他沐浴在阳光下，轻盈地打着转，从房间的这一边转到另一边，同时小心翼翼地避开地板上散落的书籍。他沉浸在自己的音乐当中，时不时弹会儿琴，并且伴着琴音高唱（是浑厚的男高音），或者飞快地抓起放在窗户边的小提琴拉几下。他穿着宽大的修道服，赤着脚，没戴兜帽。焦阿基诺终于得以在光线下看清他的脸。他是一个中年人，长着浅色的眼睛和浓密的灰发。他哼着歌在阁楼里转了好几圈，然后停在一扇大窗户前，站在那儿朝外望。楼顶上，传来几只鸽子的咕咕声。

"你曾经从空中俯瞰过镜塔吗？"过了一会儿，他问。

焦阿基诺感觉后颈寒毛直竖。他往门后退，希望修道士只是在自言自语。

"我和你说话呢，门后的。要是你真想看看美丽的事物，那就过来。"修道士继续道，"镜塔是最美的星座观察塔之一……如果换个方向朝那儿看，越过房顶，你可以看见阿西内利塔和加里森达塔。它们是斜塔，因为它们的设计就是斜着的。一座塔高 97 米，另一座高 48 米……"

莫扎特的影子

布拉泽·萨拉斯特罗停顿一下继续道:"是那个弹琴的男孩,对吧?那个不会运用手指的男孩?"

这时,焦阿基诺才推开门现身。

"我会运用手指!"他说。

"如果你运用手指像用脚走路一样灵活,你会发出可怕的……"修道士说。

"很抱歉打扰你……"

"打扰我什么?"

"我看见你似乎在……作曲……"

"我没有在作曲。"修道士双手环胸,阳光笼罩在他身周,"我只是……好奇。我在寻找某样东西,仅此而已。"他退后一步,打量着男孩说,"我想,就像你一样。"

"我不想……"男孩急忙说。

"你已经说过你不想干的事了。"

"我在门那儿听见钢琴声……"

"你在门那儿干什么?"

"我……在找大楼的东翼。"

"你为什么对大楼东翼这么感兴趣?"修道士追问道。

焦阿基诺笑笑,决定改变战术:"我从普里内蒂神父那里问到你的住址。"

"普里内蒂神父是谁？"

"我的音乐老师。"

修道士失笑："他？！音乐老师？"他平静了一下，继续说，"我无意冒犯，但是，你知道……不，是你确定你在说什么吗？"

焦阿基诺垂下眼帘："我父母送我去那儿上课。我不想去，我想待在铁匠铺里。"

修道士摸摸胡子："越来越有趣了……"他边说，边示意男孩进入房间，"你觉得我们要这样谈话吗，你就像国王的使者一样站在门外？进来，进来……跟我说说整件事。普里内蒂神父还说了什么？"

焦阿基诺走了几步，进入阁楼间。房间里的地板像船上的舢板一样弯曲拱起。

"他就说你是教师，还说你是一个很冷淡的人。"

"教师？我？"布拉泽·萨拉斯特罗说，"他说我教什么，祈祷吗？"

"他也不知道……"焦阿基诺喃喃地说。

他走近窗户，视线越过层层屋顶，看到远处的城市里鳞次栉比的红色建筑。还有矗立的高塔，好像日晷。

"也许，他说我是教自然科学的？我研究骷髅？象形文字？或者我是隐居在阁楼间里的疯狂医生？"

"是的，他确实提到了一些。"焦阿基诺承认道。

布拉泽·萨拉斯特罗开心地大笑起来："我发现整件事吓到你了……"

"算不上。"焦阿基诺低声说，"事实上……"

修道士等了一会儿，追问道："事实上怎样？"

"事实上我受到了激励。"焦阿基诺看着他说。

"激励……"布拉泽·萨拉斯特罗边说边思忖着。

"因为你那天说的话……"

布拉泽·萨拉斯特罗显然很惊讶："我说了什么？"

"你听见我弹琴，然后你问我是不是自己作曲。"焦阿基诺提醒他说。

"哦，没错，我想起来了。"

"也许你这么说是因为……"焦阿基诺停顿一下，"我不想显得太自以为是……"

"可你就是！"

焦阿基诺敏锐地察觉到这句话的意思，他的舌头开始打结。

"也是件好事……"修道士柔和地补充说。

"总之……我觉得你喜欢我弹的音乐……"

"不，你错了。"修道士立即反驳说，"我一点儿也不喜欢。只是我听不出它是什么乐曲，所以才问你。"

"你听不出来的乐曲就会问吗？"

"如果有条件的话，没错。"

"那你肯定知道很多奏鸣曲。"

"我知道什么是我的事，你不觉得吗？而且你不能到处使用'奏鸣曲'这个词，好像它是个日常用语似的。"

焦阿基诺感觉有点儿生气："抱歉，我不同意你的话……"

修道士好奇地打量着他。

"如果你不喜欢……你为什么建议我写下来？"

布拉泽·萨拉斯特罗没有回答，而是陷入了沉思。焦阿基诺的推论正确又直接。他低下头，瞥了一眼窗外，而后又转过头看着他。

"你多大了？"

"快十岁了。"焦阿基诺回答。

"你弹琴多长时间了？"

"我父亲教了我一点，他觉得……"

布拉泽·萨拉斯特罗恼怒地举起一只手："我不想知道你父亲的想法，我想知道你的想法。"

"我的什么想法？"

"你弹琴时的想法。"

焦阿基诺困惑地摇了摇头，表示难以理解。

莫扎特的影子

"我的哪种想法？"

布拉泽·萨拉斯特罗转头看向窗外。比起他们的谈话，他似乎对拍打着翅膀的鸽子更感兴趣。

好像有什么东西突然飞走了。

为了强调刚才的问题，焦阿基诺依然张着手臂，他的心跳又莫名地开始加快。他觉得要说些正确或重要的话，这样才能有点儿什么结果，否则的话，什么都不会发生。

"我在想……市集。"他小声说，"每次我弹琴的时候，都想着经常去市集的人们，想着快乐的人和悲伤的人，想着总是大声喊着同样的话的小贩，他的声音像是在给周围的声音打拍子。我想着天空何时乌云密布，大家何时撑起雨伞，想着那些祈祷不要下雨的人。我还想着那些炎热的地方，河水发出难闻的气味，蝉鸣声震耳欲聋，让你没法去想其他的事情……"

他意识到萨拉斯特罗修道士转过身来注视着自己。

"我弹琴的时候想着人。"焦阿基诺说，露出羞涩的笑容。

修道士缓缓点点头："很好。"

"我不知道好不好，"焦阿基诺喃喃地说，"但我弹琴时就是这样想的。"

"弹一段关于人的音乐给我听听。"修道士指着房间正中的钢琴说。

哦，我会永远记得那天

"……现在吗？……就这样弹？"焦阿基诺结结巴巴地说。

"还有别的方式吗？我们现在就这么弹。"布拉泽·萨拉斯特罗略带嘲弄地说，"来吧，别害羞，也别担心。没人听得见，除了鸽子，不过它们习惯于保守秘密。你有没有注意过它们是如何走路的？"

焦阿基诺笑出了声，随即在钢琴前坐下来。他踌躇了一阵，在开始弹琴前观察了很长时间。没有琴凳，只有一张普通的旧椅子。这架钢琴看上去磨损得很严重，很可能连音都不准。他把手指轻轻搭在琴键上，左右移动了一下。他又重复了一次，然后开始弹琴。

什么也不想。

木结构的房顶和地板跟他的琴音产生了共鸣。和弦时，音锤的敲击声和椅子的晃动声像拥有生命一般，干脆又自信地起起落落。

布拉泽·萨拉斯特罗盘腿坐在房间的一角，全神贯注地聆听着。

焦阿基诺弹了约有十分钟。他指下的琴声欢快，偶尔流露出一点哀伤和急躁。突然，他在一个音上停了下来——钢琴中央的 do。

他抬起头，道歉说不知道该怎样继续弹下去。

"你需要见更多的人。"听了琴声后，布拉泽·萨拉斯特罗迟疑地说。

"我今天见到了你。"焦阿基诺回答。

"但我们之前见过。"修道士说。停了片刻，他继续说，"如果愿意，你可以过来弹琴。"

"我愿意。"

"但是要保密，什么都别跟普里内蒂神父说。你觉得你能做到吗？"

焦阿基诺露出笑脸："你真的有必要这么问吗？"

8

我丢了声音

（罗西尼，《摩西在埃及》，第二幕）

一名拿破仑军队的年轻军官在一座深色石头筑成的村屋前下了马。他拍掉外套上的尘土，轻抚马儿的口鼻。

"干得好，加斯顿，干得好。"他在马儿耳边低语。马儿流着汗水，全身颤抖。他们从巴黎一路疾驰到这里，一刻都没有休息。军官四处张望着，他在找人。维莱科特雷村非常小，只有几幢住宅和到处攀爬的植物，再有就是喷泉、钟塔、邮局和公墓，周围都是耕地。

一个不同寻常的地方。魔鬼布莱克就住在这里。

年轻军官在房子周围低矮的厚围墙里找到一扇小门。他推开门，沿着栽满玫瑰的甬道向一个紧闭的门厅走去。房子就坐落在庭院里。他听到建筑后方隐隐约约地传来吹奏声。

莫扎特的影子

直觉让年轻军官缓慢而谨慎地绕到房子边上。他手按着剑柄，希望能发现女人和孩子的身影。他在来之前就被告知，魔鬼布莱克已经结婚了。但从房屋的情况判断，情报并不准确。

他穿过因无人照料而长满杂草的荒废草坪，随即看到一扇光秃秃的石头门，石墙上甚至连一扇窗户都没有。荒疏的草坪绕过屋角，后面是一片开阔的平地。那里有一片树林，一条小溪从林中流淌而过。拿破仑的年轻军官看见草地中间有一截粗壮的树干，树干中间深深地嵌着某样东西。旁边的地上是一大堆新砍的橡木块，还有一堆木头整齐地堆靠在房屋墙边。他甚至能闻到新砍下来的木头的气息。他向前走了几步，身后突然传来的声音让他顿时僵住了。

"把你的手从剑上拿开，慢点儿，老实点儿。"

拿破仑的年轻军官屏息凝神，没做任何反抗的打算。他被提前警告过，这个男人古怪又危险。那些曾经与他并肩作战的人说，他狂悖无道，不惧与全世界为敌。他是足迹遍及世界的传奇战士，曾在旺代战争期间参与对贵族的屠杀。据说，他曾经在对抗澳大利亚军队时，凭借一己之力浴血奋战守住了一座桥，从而赢得了"魔鬼"的外号。他是意大利战役期间穿越塞尼山的第一人，也是划船穿越鳄鱼群占领埃及亚历山大港的第一人。

我丢了声音

魔鬼布莱克。

没有灵魂的战士。

摩尔人。

想着这些，年轻军官暗自咒骂起自己的冲动。

"托马斯？"他问。他的嗓音像钟声一样清脆。

"你是谁？"身后的声音反问道。

军官感觉到锋利的刀尖划过他的肩胛骨，在背心处停顿了一下，然后缓缓向下移动。他一动不动，在烈日的暴晒下犹自起了一身冷汗。他听过了太多关于这把刀的故事。据说它的一面和剃刀一样薄而锋利，另一面却驽钝而锈迹斑斑；它既能伤人性命，也能让伤口感染。

它能给你留下伤痕。

永远。

"托马斯，请务必原谅我……"拿破仑的军官喃喃地说。

"在请求原谅之前，你应该告诉我，你来到这里的目的。"

年轻军官感觉刀尖在压向他的背。他闭上眼，努力保持镇静。他们是一条战线上的，他对自己说。他们为了同样的理由战斗，他一路飞奔到这里只是为了送信。

"托马斯，我从巴黎来。斯芬克斯的人想见你。"

"我不认识巴黎的任何人。"

莫扎特的影子

"是将军亲自派我来的。他说他需要你，需要像你这样的传奇战士。"

"将军很清楚我不会再参与战斗了。我被他们踢出来了。你知道这段'传奇'吗？"

"托马斯，我只知道你只身守桥和击退鳄鱼的事。"

"我没有'守'桥，我占领了桥。"

拿破仑的年轻军官感到后背剧烈震颤。一只重如巨石的手拍在上面。

"继续说！"

他的嘴巴一张一合："我知道的事情都说了。他们命令我来送一封征你重新入伍的信。"

"他们没有权力征我重新入伍。我已经解甲归田了，而且名誉扫地。"

"这不是真的！"年轻军官反驳说，"你……"

他没说完。刀刃开始继续向他的背里推进。

"里面有一封密信……"他结结巴巴地说，"在我上衣的……右面口袋。"刀刃把他的衣服拨向一边，露出信封的一角。年轻军官只看到一只黝黑的手，它像蛇一样迅敏。

"我可以把手放下来吗？"年轻军官问。

"不行。"身后的黑影回答。

我丢了声音

军官听见黑蜡封印被打开的声音，撕纸的声音，随后是一阵长久的沉默。

"先生，你可以跟我一起回巴黎。"他一边努力缓解紧张，一边说，"我的马就在你的房子前面……"

"这不是我的房子。"身后的男人低声说。

"哦，好的。正如我所说，我的马……"

"我习惯独自行动。"男人直率地说。

"噢，当然。"军官点头说，"理所当然。我只是想确定……"他郁闷地等待着一句话、一声抱怨或一个动作。

什么都行。

"我该怎么回复将军？"军官的手仍旧举在头顶，"说你会去吗？"

没有回答。

"托马斯？"等了好一会儿，以致于沉默都变得难以忍受了，"托马斯？"

没有听到任何动静，他鼓起勇气慢慢地转过身。

石头房子孤零零伫立着。

窗户紧闭，房门紧锁。

山谷里吹来一阵徐缓的微风。带刺的玫瑰在风中轻轻弯下了腰。

9

白天黑夜累得要命

（莫扎特，《唐璜》，第一幕）

随后的几年里，焦阿基诺挖掘出音乐更深远的意义。周围的城市忽然变成一个装满珍宝的盒子。音乐不再让他烦恼，反而变成了他的伙伴。他发现音乐无处不在：父母闲聊的家里、街道上、小吃店里……焦阿基诺感觉到激情在他的体内奔涌。他离开家去普里内蒂神父那里上课，然后爬楼梯到布拉泽·萨拉斯特罗的阁楼弹钢琴、练小提琴或唱歌。他非常努力，毫无压力；他认真听讲，有话就说。他的两位老师全然不同，前者束缚于复调音乐的规矩，后者却允许他可以随时即兴创作，并时不时给予指导。两位老师对他都非常严格和直率。普里内蒂神父把他当成是不能理解教学内容的孩子，布拉泽·萨拉斯特罗则把他当成成年人，同他探讨音乐。焦阿基诺显然更喜欢后者，当然这也意味着，他要思考更多东西。

随着秘密课程的持续，两人逐渐开始谈论一些别的事情。焦阿基诺竭尽全力让自己看起来比平时更加富有人生经验。他谈及父亲曾经何时被逮捕，他们如何穿越亚平宁山脉来到这里，并且夸大细节以加深对方的印象。实际上，他甚至记不起从佩扎罗开始的旅程，他只能肯定他们是沿着海岸行进的。如果他们开始谈论政治，他会模仿在家时听到的措辞，并时刻准备向他的新朋友法国人表示忠诚。布拉泽·萨拉斯特罗没有什么特殊的观点，无论国王是黑人还是白人，甚或无论有没有国王，对他来说都区别不大。而且，他建议焦阿基诺，与其关注不切实际的事，不如更加专注于眼前的事。

"钢琴键盘包含你需要的所有黑白两面！"

但当被问及私事时，修道士总是闪烁其词。布拉泽·萨拉斯特罗是一道真正的谜题。焦阿基诺根据他的口音，判断他是澳大利亚人或德国人，但他有时候会提到巴黎、伦敦、罗马、那不勒斯和维也纳。他不清楚，一名普通修道士缘何会四处旅行？他真的是一名私人教师吗？还是他肩负着其他不能说出的秘密任务？焦阿基诺甚至不确定他是不是修道士，也不清楚"萨拉斯特罗"这个奇怪名字的来历。他唯一能确定的是，布拉泽·萨拉斯特罗过着与世隔绝的生活。他依靠女佣帮忙洗衣打扫，自

莫扎特的影子

己几乎从不离开阁楼。偶尔在圣斯特凡诺门的小吃店用餐时，他也是独自一人坐在角落，听周围的人聊天，但从不插嘴。

得益于他启发性的教学，焦阿基诺进步得飞快，弹琴对他来说越来越容易和自然。尽管普里内蒂神父向他灌输了成千条规矩，但他却不断将其抛诸脑后。如果他无法摆脱这些"金玉良言"，布拉泽·萨拉斯特罗偶尔也会"帮助"他。

"一首优秀乐曲的音符总数永远是恰到好处的！"

或者："摒除一切，焦阿基诺，不会有坏处！"

他一边思索着，一边在城里四处闲逛。他待在海神广场，或爬上城墙散步。天气晴朗时，他能从阿西内利塔越过城郊远眺琴托，也能看见对面灰蓝色天空下的亚平宁山脉。美景人人都可以看，但你必须得爬到高处才行。

对他而言，音乐与美景的作用一样。

他感觉快乐和满足。一切都变得简单容易，触手可及。据说，渴望和打破常规是获得才能的唯一途径。

一天，他问老师："在你看来，写一部歌剧要花多长时间？"

他们坐在运河边，看着河水缓缓流过芦苇和灯芯草。

"只要一天。"布拉泽·萨拉斯特罗说，"音乐像念头一样突然来临。你不能休息，直到……你解开它，把它一章接一章地展示出来。这可能是最困难的部分。如果你成功解开它，你要用更多的时间替别人把它抄写出来……这是最无聊的部分。"

"你写过歌剧吗？"焦阿基诺问。

修道士沉默了很长时间，说："写过。"

"不如你弹给我听？"焦阿基诺兴奋地问。

"很久以前写的……我想我不记得了。"

焦阿基诺玩弄身旁的一根芦苇，然后问道："每个人都一样吗？关于念头？"

"不，当然不是……作曲家有很多种。"

"你是哪一种？"

"和你一样。是决斗者。"

焦阿基诺在草垫子上转过身："决斗者？我们和谁决斗？"

"和音乐！每一个念头来临，就是一次挑战。它对我们又刺又戳，想试探我们。它很好奇我们会怎么做。直到最后我们都在弹琴。"

这个答案令焦阿基诺感到好笑："你为什么觉得我也是决斗者？"

"我遇见过许多音乐家……"修道士平静地回答，"我肯定音乐迟早会找上你，挑战你，然后你就会变成一个决斗者。你会持续战斗，除非你赢得挑战……"布拉泽·萨拉斯特罗笑笑，"到那时，音乐可能会离你而去，让你以为它已经厌倦了你。"

莫扎特的影子

"它为什么要这样做？"焦阿基诺问。

"因为它害怕被人发现……"

"实际上不是这样的，对吗？"焦阿基诺追问，"对吗？"

冬日漫漫难度，春日却倏然而过。在夏季到来之前的整段时间里，不同的公民政府争吵个不停。热浪滚滚。布拉泽·萨拉斯特罗的阁楼间变成了一个大火炉，于是德国修道士用城墙外的漫步取代了钢琴课。焦阿基诺几乎每天都和修道士见面，除了周四下午。显然，布拉泽·萨拉斯特罗另有约会，尽管被问了很多次，但他都拒绝回答。因此，有一天，焦阿基诺决定自己查明真相。

或者说，起码他打算查明真相。

"为什么跟着我？"布拉泽·萨拉斯特罗问。他正走在街道中间，突然停了下来。落日的余晖拉长城市的影子。燕子飞出来喝水，啁啾声此起彼伏。正在缠绕纱丝的水车旋转着溅出无数水花。焦阿基诺没有从藏身的小巷角落里出来。布拉泽·萨拉斯特罗提高嗓门说："我在门外看到你了，结果你现在还跟着我。能告诉我是怎么回事儿吗？"

男孩只好慢慢探出身影。

"在街上跟踪别人是个聪明的主意吗？"修道士问。

焦阿基诺低着头走近他："不是。"

"那你为什么这么做？为什么不待在家里？"

焦阿基诺抬起头，眼神明亮："好奇。"

"你跟着我穿过整个博洛尼亚就是因为好奇？"

男孩点点头。

"你好奇什么？你想知道我去哪儿？"

"是的。"

"你知道以后呢？"

"也许我对你就了解得更多一点儿了。"

布拉泽·萨拉斯特罗开心地笑了："为什么你要对我了解更多一点儿？"

"因为这一年里，你教会我关于音乐的所有知识……"

"荒谬！"修道士说，"我不可能教会你所有知识！谁也无法穷尽音乐！"

但焦阿基诺固执地说："海顿、莫扎特、格鲁克……街头戏剧、歌剧、交响乐……对你来说，音乐似乎没有秘密！"

"这就是你跟踪我的理由？"

"没错，我很担心。"

"担心什么？"

"比如，你会离开。"

修道士萨拉斯特罗双手叉腰，惊讶地问："我为什么要离

开？"

"你为什么从巴黎、罗马、那不勒斯、佛罗伦萨、伦敦和维也纳逃走？"

修道士垂下眼说："我没有逃走。"

"那你为什么离开？"

"焦阿基诺·罗西尼。"音乐老师说，像个决斗者一样站在街道中间，"你这样很无礼！明天起我们的课暂停！"

"这不公平！"

男孩双手插进裤袋，每次生气时他都会这么做。在老师走出几步后，他大声喊道："是你的秘密，对吗？"

布拉泽·萨拉斯特罗没有停下脚步："回家去，焦阿基诺！"

"听着，我知道你的秘密是什么。"

修道士听后转身折了回来，居高临下地看着他问："我的秘密是什么？"

"你不想让任何人了解你！我不知道为什么，但你不想让任何人了解你。"

"……"修道士声音里透着笑意，咕哝了一句。

"什么？"

"没什么……没什么，只是过去的一个名字。既然被你看穿了……我该怎么做好呢？"

"让我和你一起去。"

"让你和我一起去？"修道士迟疑地说，"我从来没见过像你这样无礼的男孩。"

焦阿基诺看着他，没有退缩："你自己说过，拥有个性是件好事。"

"我已经后悔说过那些话了。"德国人喃喃地说，"好吧……现在你可以和我一起去，但你只能在院子里等，行吗？"

"行！"焦阿基诺兴奋地回答。

他必须咬紧牙关才能忍住不问——哪里的院子？

师徒两人沉默地赶路。不久，他们站在了拉努齐家美丽的石头房子前。焦阿基诺抬起头看着支撑着高高屋顶的两尊巨大的天使像，一种深沉的敬畏感油然而生。

他们走进一座小花园。像刚才保证过的那样，焦阿基诺留在院子里。透过开满鲜花的窗户，他看见房子内部有一个楼梯间。伴着修道服远去的沙沙响声，布拉泽·萨拉斯特罗消失在楼梯间里。

10

我终于来到巴比伦

（罗西尼，《赛米拉米德》，第一幕）

"你没有浪费时间……"在一间用天鹅绒装饰的客厅里，将军低声说，"朋友们都说我再向你求助是疯了。但我知道你会答应，我知道你会来。"

"阁下，即使是为了见你最后一面，我也会来的。"魔鬼布莱克回答。他上前一步，站在波斯地毯的中央。身旁的一支蜡烛发出微微的幽光。

他的个子很高，穿着一袭黑衣，皮肤呈现出琥珀色。

"我在你的话里感到一种不祥之兆……"

"不止是你……"黑衣战士说，"我内心这种不祥之兆日复一日在增长。"

将军笑出声："愚蠢，托马斯。我都记不清听过你多少次抱怨死亡的到来了。"

"这次不一样，不会再有机会了。"

将军在座位上不安地动动身子："我不知道你什么意思。你曾全力以赴地为革命战斗，非常忠诚，你的战斗力比任何人都强。你不该遭受那样的对待，不该遭遇埃及所发生的一切，不该被恩将仇报。塔兰托，是吗？"

黑衣男人点点头："我给你写了很多封信解释，想恢复我的名誉，但你从没回过信。"

"我忙着掌管法国。"将军回答。

"我希望你现在已经改变了你朋友的看法。"

将军露出笑容，手指叩着桌子，没有对这一评论做出回应："我不是为了战争召你来的。"

"那是为什么？"

将军思考片刻，道："我听说你妻子还想再要一个孩子，是真的吗？"

"这不是我要和将军阁下讨论的话题。"

"我们承诺给对方的长子当教父。你还记得吗？"

"阁下，我们互相承诺过很多事。"

"哦，拜托，托马斯！求你了。我不是作为将军的身份叫你来这里的，我已经跟你说过了！"

莫扎特的影子

"可你还没告诉我，你召唤我的目的。"

将军站起来，开始在房间里踱步。他身材矮小，神情紧张。

"我的几个朋友，你称呼他们……"他低声说，然后望着托马斯露出微笑。

"那些在沙子里低语的人……"黑衣男人回答，他的牙齿闪闪发光，"你的斯芬克斯朋友……"

"是的，那些人，其实……"将军低声道，双手做了一个意义不清的动作，"我请他们替我的私人收藏寻找文物，几件特别的东西……他们告诉我说维也纳公墓发生了一件奇事……"

"埋错人了？"

"别再挖苦了，托马斯！如果我提到1791年12月5日，你会想到什么？"

"那时我29岁，仍然在为我所相信的正义而战。"

"你是为正义而战，为了法国！"将军喊道，一拳砸在桌上，"现在你依然如此！"

"我现在唯一的战斗就是抵抗饥饿和干渴。"黑衣战士咆哮道，"养活我的妻儿！所以，是的，将军，我妻子还想再要一个孩子，如果你想从我这里知道的话，而且可能是个男孩。"

"我可以照顾他们……"将军毫不犹豫地回答，"我可以给

你一座更好的房子,甚至可以在巴黎……还可以给你足够的钱,让你体面地生活。"

"维莱科特雷很适合我们。你知道我不喜欢城市。我喜欢森林。"

厚厚的窗帘被拉了下来,房间里显得十分压抑。椅子是黑色和金色的。地上的沙子在他的脚下沙沙作响。

将军停顿了片刻,才继续下去。

"1791 年 12 月 5 日,沃尔夫冈·阿玛多伊斯·莫扎特……伟大的作曲家在维也纳去世。去世前不久,莫扎特跟我的朋友借了一大笔不可能还得清的钱。"

"我猜他有个不错的借口。"

将军站起来,把一道厚窗帘拉到一侧,看着窗外说道:"莫扎特的死亡布满了疑云。他下葬的时候没有举行体面的葬礼,墓穴也没有他的名字……"

将军回到桌子前,拿出一张空白的纸,靠近烛光,纸上现出柠檬汁写的字迹。

"但是,正如我所说,发生了一件怪事……"他低声说,"公墓的一名掘墓人声称,葬礼当晚,一辆马车出了城,车里坐着的正是沃尔夫冈·阿玛多伊斯·莫扎特!这意味着……"

"这意味着除了会挖墓,他还知道怎么驾驭马车。"托马斯

插嘴说。

将军没有理会他。"这意味着他还活着，这么多年一直在躲藏！"他说，"你以前去过博洛尼亚，不是吗？"

"陪你去过。"

"替我再去一趟。据说莫扎特现在就藏在那儿。找到这个本该葬在维也纳公墓的男人，把他带到我这儿来。"

托马斯站在房间中央思忖着。

"如果你答应……"将军继续说，"我立刻把你妻子需要的钱给你，并且保证在你回来之前不会动她一根汗毛。一辆邮车会立刻送你去第戎，接着是里昂、尚贝里、苏萨、都灵、亚历山大港，最后到达博洛尼亚。"

他递给他一本红色天鹅绒封面的笔记本："这个本子里记着一些斯芬克斯成员的名字，如果有必要，你可以和他们联系。你会发现笔记本里什么都有。如果你需要帮助，就联系他们，但不要向任何人透露你的任务。"

黑衣男人接过笔记本，面色不悦地随意翻了翻，然后把它装进口袋。

"还有其他事吗？"他低声问。

将军紧张地打了个手势："什么意思？"

"阁下，我比任何人都要了解你。"黑色皮肤的男人继续道，

我终于来到巴比伦

"你真的觉得我会相信你，耗费这么多财力、物力、人力，用上诸多手段……就是为了一笔旧债吗？"

"债务很重要。欠债者谁都不能随心所欲地消失或重新出现。"

"拿破仑也不行吗？"托马斯问，脸上挤出一个紧张的笑容。

将军深深地看着他。他坐回到朱红色客厅的桌子前，用手抚摸着一本特别的埃及小册子——他喜欢在做决定之前查阅它。他叹了口气，说："没错，还有其他事。"

"洗耳恭听。"

"当你找到这个人——如果他还活着，彻底搜他的身；如果他死了，仔细搜查他的房间。找到他这些年居住过的所有地方，替我找一样东西。"

魔鬼布莱克竖起耳朵。

"一个古埃及的盒子，通体黑色，装饰着诅咒女神之眼……如果你找到它，带来给我。它属于作曲家的家族，但在莫扎特死后离奇失踪了。掘墓人说他在葬礼上见过。你找到盒子后要小心保管。只要你把它带给我，我会比以往承诺过的更慷慨地补偿你。"

"比如恢复我的名誉？"

"恢复你的名誉。"将军妥协道。

莫扎特的影子

"我能问问，为什么一个古埃及的盒子那么重要吗？"

"……托马斯，你相信魔法吗？"将军沉默了一会儿问道。

"即使相信，我也不会说的！"黑色皮肤的男人回答。

"你知道吗，莫扎特的父亲把盒子传给了他。"将军说，"因此，莫扎特可能是假死，实际上，却可能是永生。"

"因为一个盒子？"托马斯难以置信地问。

"你知道，我高度评价古埃及人的智慧……而且我带去埃及的专家发现，各种不同的手稿里都提到过一个里面锁着永生秘密的特殊盒子。显然，这个神奇的盒子已经传承好几个世纪了。它在战争、变革和革命中保存下来，总是由上一任主人交给下一任主人，从一个国家传到另一个国家，直到失去踪迹。我有理由相信，这个盒子又出现了，就在沃尔夫冈·阿玛多伊斯·莫扎特手里。"

托马斯腾地站了起来。

"我觉得，这是命运的指引。"将军继续道，"伟大的拿破仑·波拿巴将拥有这个盒子，你能想象这对我来说意味着什么吗？"

"将军，我缺乏想象。"他说，"您多保重。"

说着，他离开了天鹅绒客厅。

11

快点，我的朋友

（莫扎特，《女人心》，第二幕）

日落之前，建于中世纪的海利根科鲁兹修道院终于打开了大门。蝙蝠男百无聊赖地等了好几个小时，指定的等待区的凳子坐起来很不舒服。他每隔一会儿就默默咒骂待在这里的自己，愤怒早已冲昏了他的头脑。

但是他知道，等待是正确的选择。海利根科鲁兹并非一个普通的地方，而他也不是出于一般原因才来到这里。

一些新的事物在暗中萌发。

或者说，一些老旧的事物又重新变得重要起来。

蝙蝠男蛰伏多年，才收到他们发出的这条新消息。他立即回复了一条由三个字母密码写成的消息。他的每一次回复都会迅速得到响应，这让他惊骇不已。城里到处都有他们的约定地

莫扎特的影子

点：圣斯蒂芬教堂左边的第十三个座位、中央咖啡馆特定的桌子、美泉宫公园的白色长椅。他们命令他去公墓挖一座做过标记的坟墓，然后汇报他的发现。他照做了。随后，他收到一封信，要求他在送信人的见证下阅后即焚。

信上写着这次任务的时间和地点。在这座城市，在这座埋葬了奥地利最古老的王朝——巴本堡王朝——最后一名世袭统治者的教堂。根据斯芬克斯的判断，这里是这名统治者唯一的真正安息场所。

他一边焦躁地等待修道院里传来的召唤，一边想起了莫扎特，想起他们在他去世前的第一次见面。但当厚重的大门打开的那一刻，他立即抛开了这些思绪。蝙蝠男踌躇了一下，莫名地感到有些恐惧。

"进来。"门内传来一个声音。

门边挂着一块厚厚的黑布，蝙蝠男掀开布帘走了进去。他发现自己身处在一个小回廊中。回廊环绕着一座小花园，花园的四角烛火飘摇，朦胧中可以看见花园中央有一座喷泉，正在扑扑地喷着水。

一把凳子。

"坐。"之前那个声音说。

声音是从左边的回廊传来的。虽然蝙蝠男早已习惯于在昏

快点，我的朋友

暗中视物，可这里比他平时待的地方要暗得多。烛火非常微弱。可他还是分辨出三个男人的身影，三人各据一边，他们的脸上戴着不同的威尼斯面具。

"我们收到了你的报告。"蝙蝠男刚坐下，那个声音就继续说。三人中偏瘦削的男人在用假嗓说话。他前面的男人披着一头油腻腻的长发。最远处的男人身躯庞大，连椅子都装不下他。

"墓是空的。"

"是的。"蝙蝠男说。

"先生，你不感到惊讶吗？"油头发的男人说，"这是莫扎特第二次耍我们了！你们都是怎么想的？"

"一定有阴谋……"蝙蝠男喃喃地说。

"阴谋？什么意思？"

"莫扎特先生活着的时候，通常会把乐谱存放在我向你们描述过的盒子里。但他一死，那个盒子，和他所承诺过的歌剧乐谱就失去了踪迹。"

"乐谱不见了，莫扎特也不见了。"挑起话头的男人说。

"确实，或者……"蝙蝠男继续说，"乐谱在他的书房里。我在书房里看见过，那时我去给他送钱，同时拿到了歌剧的第一部分乐谱……"

"现在钱不重要。"戴面具的瘦削男人说，"重要的是，虽

然出人意料，但莫扎特可能还活着，我们的乐谱可能在他手上……"

蝙蝠男低头等待着。

"我们在设法查出这一切是如何发生的。我们给法国和意大利的朋友写了信。"

蝙蝠男仍旧低着头。

"我们收到的消息让我们相信，有必要派你去意大利找他……"戴面具的男人说，"去找回我们珍贵的歌剧乐谱。"

蝙蝠男眯起眼睛。

"去把欠我们的债要回来。你拿到它以后……"男人停了下来。长时间的沉默中，只有蜡烛燃烧的噼啪声和蜡油滴落在回廊卵石地面的声音。

他没说完他的话。

再次开口的时候他说起了其他事情。"你越快动身越好。你的第一站是佛罗伦萨银行家 D 的住处。你在那儿会得到进一步的指示，还有钱和许可证……有什么问题吗？"

蝙蝠男没有立刻回答。会议已经结束了，他不知道该怎么表达自己能够重新接手任务的快乐和幸福。十年来，他始终坚信莫扎特和他的朋友欺骗了他们，藏起了斯芬克斯委任创作的歌剧乐谱。

他兴奋地龇起牙齿。

他应该追问一句："要是我把钱也要回来了呢？"

但他错过了这个机会。

"先生们，为了荣誉……"油头发的男人向着众人说。他们全都抬起头来，"记住，你不存在，我们也不存在。"

"还有，这次会议也不存在。"第三个格外庞大却似无形一般的男人说完，把他的双手埋进了他外衣的褶缝里。

12

在大世界的剧院里

(罗西尼,《布鲁斯基诺先生》)

那年夏季的闷热笼罩着博洛尼亚的每个角落,即便是相对阴凉的门廊也未能幸免。人们只在清晨时分和日落之后出门,其余时间街上都是空荡荡的。最后一批还没有离开城市的贵族们出发去郊区避暑。金箔匠、纺织匠、造纸工、肥皂工,还有制作意大利面和蜡果的商人全都关了铺子。海神喷泉无水可喷。闷热停滞了一切活动。

但焦阿基诺没有关注这些。他确信,他凭借魄力赢得了布拉泽·萨拉斯特罗的信任,同时,也赢得了修道士对他音乐天赋的认可。他的父母衷心地感谢普里内蒂神父,但这位可怜的音乐老师已被年轻男孩的优异表现压垮了。他刚开始只是有点怀疑男孩进步的速度,但当别人说起,焦阿基诺的进步不全是因为他的努力时，他的疑心更重了。

夏季来临后，焦阿基诺的父母重新开始在当地各种不同的节日上表演，但他们仍然尽可能地待在室内。七月底，他们接到邀请，要在卢戈和拉文纳的中间区域和巡回表演团进行为期整整一周的表演。报酬非常丰厚，他们又境况不佳，所以他们接受了。他们想劝焦阿基诺一起去表演，说这是一个好机会，可以和他们一起当众唱歌，向众人展示他的音乐才华。但焦阿基诺拒绝了，他决心留在博洛尼亚。经过几番讨论之后，他被交给楼下的食品店照顾，父母随即离开了。

"照顾好自己，焦阿基诺……"

"我们用不着担心，对吗？"

焦阿基诺再三向他们保证，拥抱着跟他们道别，郑重地承诺说他会好好的。

父母一走，家里就只剩下他一个人。他暗自兴奋。狭小的套间对他而言，突然变得又大又空旷。父母不在的一周，自由触手可及。即使没有什么特别的计划，也没有不守规矩的打算，但整座城市仿佛全在他的掌握中。躲过食品店店主的监管易如反掌，他唯一要决定的，就是去哪儿度过一个人的周末。

他没有花太长的时间考虑这个问题。无疑，他要去找他的

莫扎特的影子

音乐老师。

不过，他想换一种形象。他穿过房间，在衣柜里翻出自己最好的衣服，戴上爷爷的旧帽子，又拿上一根手杖。现在是上午十点左右，炽热的太阳当空照耀。他一路走去，毫不在意炎热的天气和额头滚落的汗珠。他幻想着成千上万的人在满怀惊喜地赞美他，并且在不断喊着他的名字：焦阿基诺·罗西尼！

虽然是想象中的场景，但他觉得成为众人目光的焦点非常自在。他喜欢这种感觉。

这是他未来的生活。

他步履不停，直到热得即使荣耀的幻想也无法令他忍耐时，才把头伸进喷泉里，用冷水泼湿衣服。

他终于走完余下的路程，到达布拉泽·萨拉斯特罗的阁楼间。

他发现园门半掩，阁楼间的门也是一样。

"先生？"他在门外喊道，"我是焦阿基诺！你在家吗？"

老师明显不在家。焦阿基诺坐在楼梯的最高一阶上等着。他们几天没见了。随着时间的流逝，焦阿基诺热得一件一件脱掉衣服。布拉泽·萨拉斯特罗一直没有出现。奇怪。

他会去哪儿呢？虽然不是星期四，但去了拉努齐家？焦阿基诺不情愿地回到街上。口袋里有几枚硬币，只够从客栈买点儿面包、水和切片猪肉香肠。他决定去圣弗朗斯西科门，那里有布拉泽·萨拉斯特罗常去吃饭的小酒馆。焦阿基诺想，也许可能会在那儿碰到他。酒馆在一片低矮建筑群里，这里的穹窿屋顶上刷着熟石灰，门廊拱柱间挂着用来降温的湿床单。由于不合季节的穿着打扮，焦阿基诺吸引了几名酒客的注意。角落里，老师平常最喜欢坐的桌子边空无一人。

他点了面包和切片猪肉香肠。食物送来时，他询问女服务员是否看见他的老师来过。

"修道士今天来过吗？"她声音洪亮地问店主。

"谁？那个德国人吗？我们从昨天起就没见过他！"店主一边用脏抹布拍着额头，一边回答。

两三天没见过，看起来更不寻常了。焦阿基诺想。他很担心。出什么事儿了吗？老师没说一声就去见什么人了吗？还是他在散步的时候遇到了强盗？

他提出来的问题一个比一个可笑，但他忍不住不想。

他吃得很快，食不知味，脑子里乱成一锅粥。

"如果你看见他……告诉他，焦阿基诺在找他。"他对店主说。

随后，他又回到阁楼间，那里热得令人透不过气。

莫扎特的影子

"萨拉斯特罗神父？"他喊。

回应他的只有窗户外面鸽子的咕咕声。他在嘎吱作响的地板上踱了几圈，终于注意到一件事——钢琴盖合上了。

自从遇见布拉泽·萨拉斯特罗后，这是他第一次看见钢琴盖合上。现在他心里笃信不疑：他的音乐老师，消失了。

13

四面回响

（莫扎特,《假傻姑娘》,第二幕）

蝙蝠男既有名字也有绰号，但实际上两者都不重要。自他十五年前加入斯芬克斯起，他就成了一个数字。随着他在组织里的晋升，他获得了一个绰号。最终，他接受了一个由四个字母和四个点组成的代号。他一步一个脚印，比其他人进步得都快，因为他技巧熟练又有野心。

他现在的代号是 N.N.。

两个字母和两个点。

他离渴望到达的顶点只有一步——一个字母和一个点。

可他自此止步不前，一切都是因为沃尔夫冈·阿玛多伊斯·莫扎特。

N.N. 一向努力工作。他传送消息，监视人群。如有必要，他甚至会杀人。他去过的最远的地方是莫斯科和君士坦丁堡，他从各方面向组织展示忠诚。谁知道十年前，他的事业停滞了。

虽然偶尔也会接到奇怪的任务，但 N.N. 明白，首领们不再信任他了。

他努力向前迈出最重要的一步，结果却惨遭失败。

他借了一大笔钱给沃尔夫冈·阿玛多伊斯·莫扎特，用来交换他的音乐。歌剧本应用来赞美斯芬克斯的伟大，可莫扎特没有完成它。如此一来，也导致 N.N. 无法顺利转变角色——在安全拿到乐谱后，他本应该成为它的守护者。

这样的话，他在这个秘密组织里就会快速晋升。

十年来，N.N. 竭尽全力想拿回失去的一切，但全都徒劳无功。他花了钱，却只拿到乐谱的一小部分，剩余部分只能交给另一个人完成——莫扎特的弟子，无名小卒。N.N. 到处寻找失踪的歌剧乐谱。他知道它们可能藏身的所在——一个莫扎特总是放在书房里，装饰着眼睛图案的古埃及盒子。他总是把乐谱保存在盒子里。N.N. 亲眼见过这个盒子，但是它消失了。它没有出现在莫扎特家族的财产清单里，仿佛从未存在过一般，失去了踪迹。

莫扎特耍了他，耍了他们所有人。

四面回响

整件事从始至终透着古怪，一定有什么隐在暗处。听说莫扎特去世，并且没有留下任何遗嘱的时候，N.N. 迅速赶过去参加葬礼。

葬礼上没有什么人，除了一个几乎是刚到场就离开了的作曲家。他们之间没有交谈。

N.N. 亲自核实了墓地和下葬的方式。他亲眼见证了葬礼。十年来，他一直想弄清楚莫扎特究竟是如何欺骗他们的。

最后，他终于想通了。

莫扎特不在那座墓里。

莫扎特没有死。

他感激斯芬克斯指派给他这个新任务。他可以复仇。他会追踪逃亡者，然后拿回丢失的乐谱。或者，他会强迫莫扎特完成这份乐谱，然后再进行复仇。除了为过往的错事赎罪，他这一生别无所求。他要为被毁的事业复仇。复仇。

欠债还钱，天经地义。

天才也不例外。

——不，尤其是天才。

大桥横亘在湍急的河流上。越过它，就到了佛罗伦萨。蝙蝠男径直走向银行家 D 为他准备的小屋。他不明白他们为什么要命令他从这里开始。到达小屋后，他发现那里有一盘冷汤、

莫扎特的影子

一大块面包和一封密信。一张从普通的纸上撕下来的碎片，上面写着几个字母。不知道怎么读的人完全看不懂。

　　N.N. 点亮一支蜡烛，坐在柳条摇椅里读信。银行家似乎发现了一些不寻常的事：沃尔夫冈·阿玛多伊斯·莫扎特的妻子和两个孩子会定期从一个意大利的地址收到小额汇款。

　　博洛尼亚的拉努齐家。

　　博洛尼亚。

　　从佛罗伦萨步行过去只要几天时间。

　　啊——

　　命运的齿轮似乎重新开始转动了。

　　N.N. 闻了闻纸片，然后将它在烛火中付之一炬。

　　火光中，飘出一股毒药的味道。

14

我想说，但我不敢

（莫扎特，《女人心》，第一幕）

怎么才能在博洛尼亚找到一个失踪的人呢？

焦阿基诺花了整天时间想要找到布拉泽·萨洛斯特罗，他一边找一边问自己这个问题。他脱掉毫无用武之地的好衣服，穿过学院的教室，爬上观察塔，经过望远镜和青铜盆，乒乒乓乓地进入图书室，然后从那里下楼梯。他找到普里内蒂神父，十万火急地问了一堆他答不出来的问题，然后任他迷惑不解地留在食品店里。他在下半晌的阳光里沿着城墙跑遍整座城市，询问城门的守卫。到了傍晚时分，他两步并作一步，上气不接下气地爬上台阶，跑进蒙塔诺拉公园。没有。

他找不到他了。

焦阿基诺回到市中心，中途路过圣斯特凡诺门，那里也没人见过布拉泽·萨拉斯特罗。夜色快要降临的时候，他敲响了拉努齐家的大门。他进去问布拉泽·萨拉斯特罗的消息，但只得到很少一点线索。一个门房跟着他走出屋子，低声对他说："拉努齐先生派我去联系你在找的人。他住在学院的阁楼里，对吗？"

焦阿基诺得知，布拉泽·萨拉斯特罗在失踪前收到了一条神秘的消息。

"他没说什么吗？没说他要离开博洛尼亚吗？"

门房的视线越过他看向前方，他跟着男孩出来已经冒了很大风险。他轻触一下帽檐，一个字也没再多说，转身往屋里走去。

焦阿基诺垂头丧气地在城里四处游荡。四周的博洛尼亚人谈论着夜晚空气带来的清凉，他们喋喋不休，放声大笑。经过公园时，他停在喷泉前面喝水，然后抬起头望向夜色渐深的天空。

他看到了那两座斜塔。

电光石火间，一个念头在他的脑海中一闪而过。他飞快地朝着阿西内利塔跑去。只见一名胡子又黑又长的看守，正在守卫着洞开的塔门。焦阿基诺焦急地问了他同样的问题，这个问题他今天几乎逢人就问。不过，这次他得到了答案。看守说他见过修道士。

我想说，但我不敢

"他时不时就会来这儿。"看守说，"他会给我一枚硬币。所以他在这儿的时候，我不会让别人上去打扰他。他会待上好几个小时，我想，他是在祈祷。等他下来的时候，会再给我一枚硬币。他真是个好人。"

"现在他在这儿吗？"焦阿基诺指着通往高处的楼梯间。

他并没有等待看守回答，就直接跑了进去，而看守似乎也没有阻拦他的打算。

布拉泽·萨拉斯特罗躺在星空下，这里是塔最高的地方。他紧闭着双眼，脸色平静而苍白。

"老师！"焦阿基诺惊恐地大喊。

他爬上最后一层楼，停在那儿看着他。修道士仿佛死去了一般，身体一动不动。焦阿基诺大喊："萨拉斯特罗先生？是我啊！焦阿基诺！"

他忧心忡忡地等了几秒钟，修道士才从半死不活中清醒过来。他眨眨眼，目光中一片茫然。

"你怎么会在这儿？"他低声问。

焦阿基诺屏住呼吸。

"你是怎么找到我的？"布拉泽·萨拉斯特罗继续问。

"这不重要！总之我找到你了……你怎么了？"

修道士过了很长时间才回答。他们的上方，一颗流星正

划过天际。"你说得对……"流星消失的瞬间,他喃喃地低语。斜塔下,街道上传来隐隐约约的欢声笑语。

布拉泽·萨拉斯特罗转过脸:"我必须离开。"他说。

焦阿基诺跪在他身旁:"你说什么?"

"我有危险,孩子。危险……"

"危险?什么危险?为什么?"

布拉泽·萨拉斯特罗艰难地坐起来,用两只手捂住脸:"没有出路,没有什么能把我从胡思乱想中解救出来。我的脑袋快爆炸了。"

焦阿基诺沉默地等着。不久,修道士说:"孩子,是过去的事。危险纠缠着我,无论我藏在哪儿,它总能找到我。我就是危险。我的名字就是危险。"

"老师,我听不懂!你在说什么?"

修道士从浅色衣服里掏出一张皱皱巴巴的纸条。"看见没?"他说,向男孩展示写着神秘文字的纸片。

"这是什么语言?"焦阿基诺茫然地问。他完全理解不了。

"一个朋友使用的语言,他要确保别人看不懂他写的内容!"

"你说的朋友是谁?"

"你不认识,真是幸运……"

我想说，但我不敢

"出了什么事？请你告诉我！"男孩坚持不懈地问。

"不行，焦阿基诺。"音乐老师坚定地说，他目视前方，"我不能说。你没理由搅进这件事……"

"求你，告诉我！什么事？"男孩恳求道。

布拉泽·萨拉斯特罗长叹一口气："很久以前，我和一些危险的家伙打过交道，他们非常危险。我愚蠢地以为自己能摆脱他们，不幸的是，我错了。除非得到想要的东西，否则他们不会放过我。我原本以为一切都结束了……但恰恰相反，正如你所见……"

"可你只是一名修道士，不是吗？"焦阿基诺说，"他们想从你这里得到什么？"话音刚落，他就为自己的冒失感到窘迫不安。

不过出乎意料的是，布拉泽·萨拉斯特罗平静地回答了他的问题。

"亲爱的孩子，恐怕我要让你失望了。"他平静地说，"我根本不是修道士，但我只打算告诉你这点，因此我请求你不要再问其他问题。事实上，在我决定怎么做之前，你见到我的次数越少，你就越安全。现在，如果你允许的话……"

布拉泽·萨拉斯特罗假装做了决定，实际上心里毫无把握。他抓住塔上的扶手站起来。城市在脚下绵延，他们仿佛正处在一艘正在暴风雨里飘摇的船上。"赶快！越快越好。我必须赶快离开，这是最重要的事。我已经耽搁太久了！这时候多耽搁一天可不单单是一天的事……"

"我呢？我要怎么做？"焦阿基诺呜咽着说。

"你？焦阿基诺，你会成就伟大的事业！"

"假话！"男孩反驳说，"我需要你……"

布拉泽·萨拉斯特罗挥挥手臂，好像乐队指挥在叫停所有乐器。焦阿基诺忽然觉得喉咙干涩，他无法说出话来。

"我该做准备了。谢谢你来找我，谢谢你逼我说出来。现在事情变得更加清晰了。我想我知道接下来该怎么做了……"

"难道……你的朋友不能帮你吗？"焦阿基诺喃喃地问，"拉努齐先生，不行吗？"

布拉泽·萨拉斯特罗没有直接回答这个问题。相反，他说："他把这张纸条给我，建议我逃到安全的地方去，这就已经很不容易了。"

"去哪儿？"

"佛罗伦萨。"

"佛罗伦萨？你打算什么时候走？"

布拉泽·萨拉斯特罗在星光下检查密信，无声地读着上面的文字。

"我不知道，但要尽快。朋友警告我，不要走常规的道路，因为他们可能会派人追踪我……"

"我可以陪你去！"焦阿基诺说。

音乐老师苦笑："我说过你应该远离我……结果你却要当我的向导吗？"

"先生，你忘记了一点，我了解森林！我知道一条能越过亚平宁山的安全小路！我和父亲走过！如果主干道有危险，你可以不走。从这里到佛罗伦萨……"他猜测说，"步行不超过四天时间！"

音乐老师踌躇着。

"孩子，这不是玩笑。我的处境非常危险。"他愁眉苦脸地说。

"但我真的可以帮你。"男孩坚持说，"如果你愿意，我可以告诉你怎么走。我可以只陪你走到矮坡那里……只要一天时间！"

"我需要武器……"布拉泽·萨拉斯特罗喃喃地说，他仍旧沉浸在自己的思绪里。

焦阿基诺立刻想到他父亲藏在阁楼里的盒子。父亲严禁他以任何理由打开那个盒子。他飞快地回答说，他会解决武器的事。

"你有很多行李吗？"男孩问。

"只有我自己。"音乐老师回答,随即像刚刚记起来似的说,"还有这个。"

焦阿基诺第一次见到了那个盒子。那个锁孔周围装饰着巨大的乳白色眼睛的黑漆盒子。

因为某种原因,布拉泽·萨拉斯特罗把它带到了塔顶。

"这是我父亲的盒子。"他说。

他没注意到,又一颗流星在他身后的夜空中划过,就像命运神秘无比的征兆。

15

我将独自流浪

（莫扎特，《伊多梅纽斯》，第三幕）

"你应该看看我每次拉风箱吹火苗时从火炉里冒出来的烟！拉风箱时你要用力，还要充满节奏！"焦阿基诺在他们出城的路上说。他们走在萨拉戈萨门投下的阴影里，仿佛预示着他们不会归来。"还有炽热的铁，你见过吗？"

他的旅伴沉浸在自己的思绪里，没有回答。修道服的兜帽遮住了他的双眼。焦阿基诺讲述了更多在老佐立的铁匠铺里工作的事，但之后再也想不出别的话题，于是两人陷入了沉默。

他的全身因兴奋而紧绷着，胃部揪成一团。然而他太过兴奋，没有注意太多，仅仅把这当成是饥饿造成的胃痛。他们约定，一起走到焦阿基诺提到的小路后，焦阿基诺就会回家。但是，尽管原因不同，他们谁也不相信事情真会如此发展。

莫扎特的影子

焦阿基诺背了一只斜挎包，每走一步肩带都会发出声音。他在包里装了尽可能少的东西：一张羊毛毯、一盒那不勒斯火柴、一把刀、一块仍然温热的面包、他父亲的那不勒斯随身瓶（里面装满了喷泉水）、一卷切好的猪肉以及和猪肉一起准备好的开心果。之后，他们就早早动身了。

他们出城后，发现路上有一群赶集的人：有人推着装满蔬菜和甜瓜的小车；有人赶着几头桀骜不驯的猪；有人扛着麻布口袋，口袋里满是磨过的面粉；有人拎着篮子，篮子里扭动着鲜活的鳝鱼；还有人拿着架子，架子上挂着刚刚扭断脖子的鸡和兔子。亚得里亚海的盐商们紧挨着房屋赶路，似乎比其他人更害怕遇到强盗。

博洛尼亚城外，自萨拉戈萨门延伸出去的道路要冷清得多。他们穿过几条路过蔬菜地和甜瓜地的小道，径直向山冈走去。路人见到这名年老的修道士和他的年轻旅伴，往往会向他们致以敬意。他们远离城市的喧闹，享受着令人放松的虫鸣鸟叫。他们走上城外一条通向南面的小路，然后向着皮耶韦尔·德尔皮诺村攀登。布拉泽·萨拉斯特罗等待着合适的时机让焦阿基诺回家，然而男孩却单纯地享受着冒险的乐趣。他自信地走着，步履轻快，努力隐藏他其实并不确定该走哪条路的事实。他在家里翻来翻去，找到了父亲的指示图，然后计划了一条模糊的

路线。那天晚上，他没来得及重温沿线地点的名字就睡着了。他根据这些地方创造了一种记忆方法，每当他不想别的事时，它们就会在他的脑子里团团转。

他们开始爬坡的时候恰是正午。天气非常热，他们不得不多次歇息，喝了水后再继续攀登。当森林边上的树木露出阴影时，他们加快了速度。尽管很费力，但男孩毫无抱怨，只是沉默地攀爬。森林里朝气蓬勃，一片生机：树叶沙沙作响，各种鸣叫声此起彼伏。阿多内山的白色轮廓隐隐约约出现在他们左侧，仿佛圣殿骑士城堡的守护塔，不过焦阿基诺并没有因此就想象自己正走在朝拜耶路撒冷的路上。

在他的记忆中，这就是他们的样子。

博洛尼亚囚犯的"祷告"一如往常。

他们的手伸在栅栏外，不停大声尖叫。

令人可怜的绝望。

那时托马斯没有屈服，尽管他们把他扔进了地牢。

多少年了？生活在热力四溢的塔兰托。

伟大的那不勒斯王国。

他的旅伴迷失了。

再也不会有那些噩梦：永远困在暗无天日的牢底，永远被

莫扎特的影子

世人遗忘，永远不能回到妻子身边，永远无法再漫步于维莱科特雷的森林。没有什么能让他屈服或乞求。即使在牢里，他也在战斗。自出生之日起，他总是在战斗。年轻时，他为了成为战士而宣布放弃贵族头衔，加入了服务于迪穆里埃将军的黑暗军团。组成军团的战士来自世界各地，都只拥有一半法国血统。他战斗在比利牛斯山，在那里第一次以伤痕收获勋章。随后，他向阿尔卑斯山进发，第一个艰难地翻过塞尼峰，军团里没谁能比得上他。意大利战役。埃及。占领亚历山大港。穿越沙漠。

他只听命于一人——拿破仑。

他参与了所有的革命战争，直到改变一切的那天来临，就在埃及的金字塔前。

斯芬克斯。

那天，托马斯对将军进行了反抗，而拿破仑却用枪口指着他。

"我是你的副指挥。"托马斯说，"你是我孩子的教父。"

但拿破仑回答："我可以让任何一个副官取代你。"

是的，他可以再试试。

但他没有。

炽热的阳光令人目眩。沙漠的太阳，神秘莫测，是法老们放出的魔力。斯芬克斯，真实的、谜一般的斯芬克斯卧在沙里，

仿佛在风中低语。

拿破仑·波拿巴没有扣动扳机。他放下枪走了。托马斯也一样。

他们背道而行。

从此再没说过话，也没见过面。

直到如今。

也许，可以用朋友间的交往来描述他们之间的过去。

也许不行。

托马斯曾对一切充满梦想。他毫无缘由地离开家，把妻子独自留下。

两个老朋友变成了陌生人。责任出在将军别的"朋友"身上，出在阴险狡诈的主意上。他们一个是科西嘉人，一个是多米尼加人。革命里的两条疯狗。

结果呢？

恐怖。

托马斯感觉到空气中蔓延的恐怖。它窝在最黑暗的角落，以囚犯的尖叫为食。为什么这些人要如此尖叫？他们在乞求什么？他们最终全都会死于尖叫和乞求。

他很了解这些人，两面派、叛徒、畜生，就像拿破仑那些身居高位的朋友一样。你对付我，我对付你。永远如此。

莫扎特的影子

　　萨瓦人、伊米利亚人、威尼斯人、伦巴第人、托斯卡纳人，名字对他来说没有意义。他们只是在比赛谁叫的声音最响。

　　他用手指转着一枚银币。

　　接着，他把它扔进栅栏里，享受着尖叫声戛然而止的愉悦之感。

　　这场较量结束得飞快。

　　四周陷入了沉默。

　　现在，那些男人在互相混战。除了这个，他们无事可做。

　　他会和城里的联系人在酒馆见面。走向酒馆的时候，他的心里想着武器。正如他方才扔掉的银币，战士的刀刃永远有两面：一面银光闪耀，一面锈迹斑斑。最终，当你不再战斗时，锈迹会侵蚀所有。

　　他走在大街上，人人都能看见他。这是他隐藏自己的方式。他如此引人瞩目，这样光明正大的出现似乎并不合适，但见过的人们很快就会忘掉他。他个子很高，双目炯炯有神，长着一头希腊英雄般的卷发。他穿着沙色衣服，它们摩擦的声音听起来像贝多因的帐篷一样。他的手指上戴着四枚镶嵌着不同宝石的戒指，耳朵上戴着形如东方之月的耳钉。他看起来像魔术师，像牧师，像骗子，也像魔鬼。他黝黑的皮肤闪着丝绸般的光泽，硬得像锻造之神伏尔甘锤下的巨石。

他随便别人怎么看。他知道，谁也不会说起什么。那些喋喋不休的人通常什么也看不到。

他到了小酒馆，打开红丝绒笔记本，核对联系人的名字。

进门前，他最后想的是：刺客的刀刃只有一面。

而这一面，即使在光天化日下，大多数人也看不见。

"昨天他还在这里……"小个子男人打开阁楼的门，"我不知道他是怎么跑掉的……"

"谁通知他的？"托马斯问。

"肯定不是我。"男人惊恐地说，"我通知了 F 先生，之后，我想……"

无形中代表组织阶级上层的字母和代码。神秘人。幽灵。斯芬克斯的朋友。最糟糕的那种朋友，难以名状，无以言说。

托马斯看不起他们，他曾努力说服拿破仑站到他的这一边。他们是用暗藏的字母来掩盖真正目的的阴谋家。是除了秘密一无所有的男人。幽灵。

托马斯对他们了解不多。他不明白他们为什么这样做。为什么要遮住脸，藏着什么目的。他们的名字都是代码。神秘的字母。

莫扎特的影子

　　他们互称兄弟，彼此交谈。他们有名字，有家庭。但斯芬克斯的兄弟没有。斯芬克斯是一头吞噬年轻人的狮子。

　　比如，他面前的小个子男人。他是谁？他在红色笔记本里只是一个四位代码。数字而已。

　　他面色苍白，诚惶诚恐，口齿不清，听起来像一条蛇在"嘶嘶嘶"。

　　"我不知道谁可能会通知他。我真的不知道。但我跟你说，他绝对在这里！他总是在这里！"

　　房间中央有一架钢琴。托马斯走过去，掀起保护琴键和音锤的琴盖，朝里面看去。

　　"你在干什么？"小个子男人低声说，惊恐地看着这个摩尔人大块头掏出一把刀插进琴键里。

　　"我在寻找遗留的线索。"他回答。

　　"也许那个男孩知道些什么……"小个子男人说，"他几乎每天都和修道士见面。"

　　刀刃插在两个琴键中间，发出吱吱的声音。"男孩叫什么名字？"托马斯问。

　　"他叫罗西尼，今年十岁。他是我最有才华的学生之一，但他的行为让我生疑……"

　　托马斯点点头，示意男人闭嘴。这个男人就是普里内蒂

神父。

托马斯在这间令人窒息的阁楼里搜寻一个显然已经逃走的男人，此时却突然想到即将生产的妻子。

托马斯希望是儿子。

他还希望能及时赶回去，看着儿子出世。

他剧烈地咳嗽起来，满怀气愤。蚕食内心的气愤。他能感觉它在增长，就像敌人一样，迟早会把他摧毁。

托马斯一直知道这一点。

他的死敌是自己。

"罗西尼住在哪儿？"他问。他的心脏猛烈地跳动着。

他追寻的，仍是一个幽灵。

16

你璀璨的王国

（罗西尼，《摩西在埃及》，第一幕）

两名逃亡者在山谷的一棵老山毛榉树下宿营，远处的韦内雷山影影绰绰。焦阿基诺带着他的音乐老师走了一条旁边是悬崖峭壁的小路，在小路通往山峰的拐弯处，男孩避开主干道，选了一处青草萋萋的空地过夜。萤火虫一只一只开始点亮。他们拿出面包和切好的肉，伴着周围萤火虫的嗡嗡声聊起了海顿。布拉泽·萨拉斯特罗变回了平常健谈的样子："奏鸣曲的秘密在于它的四个部分和结构……"他解释说，哼起某些曲子，"引出主乐章、次乐章……你可以在主体部分进一步细致地描述。副歌就像是回归起点，让你回到你开始的地方……并从那里继续下去。"

年轻的罗西尼发出轻微的动静，他不知不觉已经睡着了。

修道士笑笑，抬眼望向点缀着萤火的森林。他感觉自己仿佛逃到了一个精灵王国，他惊讶于这样的魔幻场景竟然近在咫尺——只是城外而已。他仿佛置身于一场精心策划的完美舞会，舞会有着自身梦幻般的节奏，并不需要像他这样的观众。

他感到筋疲力尽。

他逃亡太久了，还把这个男孩牵扯进这次荒唐的逃亡里。他背靠山毛榉树，又一次展开拉努齐家偷偷送来的密信仔细阅读，仿佛要把它们刻印在自己的身体里。"我感觉不对劲，恐怕你会有危险……"拉努齐警告说，"我建议你去佛罗伦萨待一段时间，不要走主干道，去山上的圣米尼亚托修道院寻求庇护。你可以在那里给我传递消息，等待危险过去。"

他必须继续前进。前进。隐蔽，以及等待。

坦白说，他更想待在这里，待在森林里，转身交出迫害者想要的东西。但他做不到。它是他的一部分，十多年里从未离开过他。这个黑漆盒子里封印着他的家族、他的过去，以及他的所有。

也许他错了。也许他应该毁掉这个盒子，至少应该试试。

他应该把睡着的男孩留在草地上，留他在这里做梦，做那些孩子气的、自找麻烦和冒险的梦，然后远远离开他，不留一丝线索，没有口信，也没有地址。

莫扎特的影子

销声匿迹。

这样他就会打得他们措手不及：他的过去、他的几个朋友和许多敌人。这天夜里，他思索了很长时间，然后才睡去。

萤火虫一闪一闪的，可微弱的光芒无法照亮周围的无边森林。

"主啊，为什么他们不能放过我呢？"布拉泽·萨拉斯特罗入睡时问上帝，"为什么他们一直在找我？"

他梦见了棺材。

像过去许多次一样。棺材。

棺材里面。

他被关在棺材里面，漆黑一片。他知道他应该寻找出口。他知道头顶上方就有出口，需要他找到，然后推开。他没法抬起双手。棺木很硬，里面很热，在地底下。他能听见心脏在胸腔里怦怦直跳。他在棺材里摸索一道裂缝，一块未被钉死的木板。

没有。

他什么都找不到。

被囚禁在噩梦当中，他强迫自己四处摸索。他用指尖一厘米一厘米地摸索木板。粗糙的木瘤，钉子的金属头，微小的尖锐碎片，但是没有出口。

他没法从这只盒子里出去。

绝望中，他试图转过身曲起膝盖。办不到。他没有抬起膝盖的空间。他只好用脚蹬，使劲踢。棺材的底部裂开了。

出口！他在睡梦里大叫。

出口在那，但方向错了。那里是他脚的位置！

冷静。

他需要的只是保持冷静。

他可以做到。

太热了。

热得像火炉。

他又踢了一次，这次木头裂开了。他趴在那儿，开始滑动，非常慢，非常慢。他能感觉到钉子擦过脊椎，他没有停下试图慢慢滑出棺材的动作。当赤裸的双脚伸出出口，他感觉到了……

泥土。

一堵土墙。

他被困在了地底。

他尖叫出声。

然后……

"老师！"焦阿基诺喊道。

布拉泽·萨拉斯特罗在草地上滚了起来，头晕目眩。刚刚是在做梦。只是梦而已。他看着上方，晴朗的夜空里，半轮月亮洒下潮汐般银白的光芒。

"老师？"男孩问，"你怎么了？"

不知为什么，布拉泽·萨拉斯特罗站了起来。

"我必须要走……"他低声说。

"你应该回去睡觉，老师！你刚刚做了一个噩梦！"

17

残酷，你为什么靠近我？

（莫扎特，《唐璜》，第一幕）

摩尔人用肩膀撞开门。

一楼食品店的店主有生以来第一次收到一枚硬币的封口费。

"不过家里没人。"他说，"罗西尼夫妇出城了，我两天没见到那男孩了……"有太多的人离开这座城市，而他要追踪的人行动太快。托马斯会告诉将军，没有什么信息可以加进红色笔记本里。罗西尼家和这件事有什么关系呢？他们只是小人物，起码他是这样认为的。

托马斯仅仅扫了一眼，就在公寓三个简陋的房间里看出了一些不同：衣架上少了一套男西装，长椅底下空出一片曾经放着小型旅行箱的空间。

他们出去短途旅行。只是短途旅行而已。

但他们不是一起离开的。

食品店店主跟他说过，他们出门的时间不同，先是父母，然后是男孩。

奇怪。

罗西尼一家是什么人？他们又是干什么的呢？

托马斯试图从他们留在家中的物品里找出答案。

一面红、白、绿三色的条纹旗帜。

爱国者？

破旧的丝绒盒子里有一把廉价小提琴和一根单簧管。

音乐家？

墙上只挂着一副油画，画上是将军的肖像。

拿破仑·波拿巴。

托马斯有股冲动，想要把画扯下来，但他没有动手。这不是他的家，这也不在他的任务范围内。

至少目前不在他的任务范围内。

他在餐桌上找到一个非常熟悉的小包：这是法国军队物资的一种。他打开包，发现里面有两个装手枪的口袋，但其中一个口袋已经空了。装火药的小细颈瓶也不见了。

也许是男孩带走了手枪，托马斯想。

然后，他看见一本撕掉了几页的笔记本，剩下的页面上留着男孩的笔迹。他记录了一份长长的名单。

皮耶韦尔·德尔皮诺。

阿多内山。

蒙特鲁米契。

韦内雷山。

萨索罗索。

圣母弗奈利。

巴斯钦。

皮亚那·德利·奥斯。

福塔山口。

他反复读了几遍，随后把纸撕下来带走了。

18

如果你想知道我的名字

（罗西尼，《塞维利亚的理发师》，第一幕）

"莫扎特？！"

男孩无法相信他的耳朵。他也无法保持冷静。

他像一头鹿一样在路上乱跳，挥舞着手臂大喊。

"莫扎特？莫扎特？那个莫扎特？你在开玩笑，是不是？"

布拉泽·萨拉斯特罗开始快步追赶，想要让男孩冷静下来。天色渐渐变亮，曙光越过山峦，照耀着圣马力诺山远方的岩石。

"莫扎特！你是沃尔夫冈·阿玛多伊斯·莫扎特！哦！你真疯狂！"他第无数次地说。他停了下来。这个他昨晚还叫布拉泽·萨拉斯特罗的男人趁机抓住了他。他的老师拿掉了兜帽。

"你怎么会认为我会相信你？沃尔夫冈·阿玛多伊斯·莫扎特十年前就去世了！这个谎撒得一点也不高明！"

如果你想知道我的名字

布拉泽·萨拉斯特罗放开手臂。

"我真的想说你说得对，焦阿基诺。没错，没错。这是个谎言，我在开玩笑！其实我是一个处境艰难的德国伯爵！或者一个逃兵，一个懦弱的逃避责任的人子！我可以继续欺骗你，是的！"男人涨红着脸说，"我可以假装因为密谋反抗才认识奥地利的约瑟夫皇帝，但这不是事实！事实是我为他创作音乐！我为他指挥过乐队。我在米兰的红衣主教伯罗米欧面前演奏过，我亲吻过玛丽·安托瓦内特皇后！说个名字，你能想到的最重要的人，我会告诉你，我是怎么认识他们的，或者我何时为他们演奏过！是的，没错！我是他们中间最棒的一个！天才儿童！哦！假如你见过我父亲带我去意大利剧院巡演的话。我和你一样大！焦阿基诺，和你一样大，但这已经是我第二次巡演了！我父亲拉着我们炫耀了半个欧洲——娜奈尔和我。娜奈尔是我姐姐。我们几乎每天晚上都像小机器人一样弹琴。剧院、教堂，还有沙龙！从伦敦到巴黎，从维也纳到米兰。你想知道这些夜晚是什么样的吗？糟糕透顶。我们唯一要关注就是欢呼声。欢呼声越响亮，我们的父亲就越高兴。我们只是小孩子，小孩子而已，但我们却不得不一场接一场地蒙着眼弹琴，好像这对我们来说是最自然不过的事情。每天晚上，我都在弹琴，弹得手指生疼。就是这些手指！……我在想什么？荣耀？

莫扎特的影子

吊灯？毯子？晚饭？国王和王后？不是！我想的只是让我父亲高兴，想的是独自留在萨尔斯堡的母亲，我只想和她在一起！我不想当一个天才儿童。母亲、父亲和姐姐，这是我在你这个年龄期望的所有。结果，父亲最终却让我们互相争斗。两个小莫扎特哪一个更好？小沃尔夫冈还是小娜奈尔？他给我一个盒子，就是这个盒子，他告诉我这个盒子很珍贵，我应该把音乐保存在里面。我以为这是一个游戏。我努力做得比她好。娜奈尔没有。她早知道这不是游戏。她拒绝弹琴，远离聚会，远离贪婪的公众。他们寻找下一个神童欢呼喝彩，然后立即抛诸脑后。我从来没有搞清楚。我继续不停地弹琴……直到变得无法停止。但它确实突然停止了，因为你做的一切只是表演！什么都不是。你看到现在的我了吗？看看我！这就是最终的结局，什么都不是！"

"事实上我们要去的地方就是那里！"男孩突然停下来说，随即又开始轻快地赶路，确保主干道在右，山峦在左，覆盖着茂密森林的福塔山口在前。

沃尔夫冈叹着气跟在他后面。

"为什么你决定假装成一个修道士？"焦阿基诺问。

"不是我决定的……是我唯一的、真正的朋友，作曲家安东尼奥·萨列里……"

如果你想知道我的名字

"你是萨列里的朋友？我以为你们是对手！"

"真蠢！他才是在这场疯狂闹剧里帮助我的人。"

"什么闹剧？"

"死掉！"沃尔夫冈几乎是喊着说，"下葬，然后开始新生活！"

"怎么可能？一个人怎么可能死掉、埋了……但仍旧活着？"

沃尔夫冈又停住了。他扭到脚了。

"给我点儿吃的。"他命令说。

焦阿基诺把细颈瓶递给他。"告诉我发生的事，我可能就会相信你。"他说。

"这要归功于一种毒药……"大音乐家低声说，"莎士比亚在《罗密欧与朱丽叶》里写到的毒药。你记得吗？这种毒药真的存在。"沃尔夫冈颤抖地伸出手，"只要你喝下一小瓶，你看上去就像死了一样，足以骗过普通的医生……药效会持续四十二小时。四十二小时的黑暗，夜晚根本比不上的黑暗：没有声音，没有音乐，没有光线，没有色彩。什么都没有，和你待在一起的只有虚无。它印在我的心里，现在还在，偶尔还会表现出来。焦阿基诺，我被劝说服下毒药，将近两天的时间里像个死人。然后我突然醒了，发现自己被封在一口棺材里。"

莫扎特的影子

"……那是什么感觉？"男孩问。

"黑暗，但这次是我能意识到的黑暗。我能闻见鼻子上方木头的味道。如果我努力抬起头，我能碰到它。我的两只手僵硬地摆在身侧，全身的骨头疼痛不堪。我相信这是毒药的副作用。这种副作用消失得很慢，非常非常慢。然后我开始移动身体，我能感觉到手下的木头。我现在还记得那种感觉。我做过许许多多的梦。我被关在盒子里，盒子被埋在地底下。我能感觉到泥土向我压过来，耐性十足，坚持不懈，沙沙的声音仿佛大地的低语。你知道吗？我无法一动不动地待着。你能想象吗，我必须张大嘴巴呼吸，里面的空气有限。我又可以呼吸了，也许还能再吸一口……"

沃尔夫冈又扭到了脚，他被恐怖的记忆压垮了。焦阿基诺脸色发白，默默地听着。

"按照计划，棺材盖没有被钉住。当我抬起盖子时，柔软又新鲜的泥土开始涌进来。泥土吞没了棺材里的空间，也消耗了更多的空气。我把手埋在土里，感觉它的潮湿、密集和紧凑。我就躺在棺材里用两只手挖土。我的心脏跳得震天响。我无意识地挖啊挖，祈祷薄薄的土层上方没有别的东西。——确实没有，只有一条长长的狭窄通道，我能感觉到通道尽头外面是凉爽的空气。但那不是尽头，恐怖还没有结束。我爬起来，手肘

如果你想知道我的名字

撑着掘墓人准备好的木片慢慢向前移动，希望他们留给我足够的向上爬的空间。空间足够，起码一开始如此。我一路向上爬，爬向终点。我不知道它有多长。我没法知道。我感觉我爬了一辈子那么久。我一生所做的一切就是跪在地上爬，而且糟糕的是那时候我有意识。我能感觉泥土越来越冷，越来越湿。我能感觉到下雨了，甚至几乎看得见仿佛光束般的雨水。然后我爬到了尽头。我不知道我是怎么做到的，但我确实做到了。我看到了光，真正的光，那种刺伤眼睛的光。这时有两只手抓住我，一个不熟悉的声音说：'我们很担心你，大师。我们正准备下去救你。''怎么救我？'我问。你在地底下的时候没有人能来救你。没有人。我不知道哪来的那么多光。这是夜里，正在下雨。我下葬时穿的衣服湿得直滴水。我上了马车。车夫缩在上面。我想要立刻就走，但仍有东西没拿。那只保存着我唯一财富的盒子，乐谱，还有装着我要尽快服下的解毒剂的小药瓶。一个和你年纪差不多大的男孩把它送到我手里。我打开它，喝下新的毒药。雨幕下的一切都变得模糊不清。我睡着的时候车夫把我远远地带到这里。醒来时，我以为我成功了。但是，正如你所见，情况并非如此。"

19

原谅我，我最亲爱的，
以慈悲的名义

（莫扎特，《女人心》，第一幕）

虽然是仲夏，但焦阿基诺却全身冰冷，他感觉整片森林也仿佛笼罩在严寒当中。

"多少人知道这件事？"他追问。

"两个。"大音乐家低声说，"在维也纳给我找到毒药的安东尼奥·萨列里和挖出通道并赶着马车到边境的掘墓人。"

"你为什么这样做？"

"说来话长……而且现在说出来太可笑了……"

"请告诉我吧。"

"我很绝望，我身无分文，债务多得能把我淹没。我甚至养不起妻子和孩子！债主每天上门讨债。为了让我能完成《魔笛》，剧院老板把我藏在一个无人能找到的安全之所。我在他的剧院里生活，在他的花园里作曲。但这仍然不够……乐曲不像我们希望中的那样好。事实上，我们被指责说把世界上最大的谜团处理得太过轻浮！我的债务继续增加……无论如何，我必须得开始考虑我的孩子。"

"你的意思是说他们……？"

"不是！他们不知道，他们永远也不会知道！"沃尔夫冈几乎是在大吼。

"但你怎么能瞒着他们远远地活着？这太残忍了！"

"根本不是这样！他们才是我服毒的原因！这是我消除债务，保障家人未来的唯一方法！你知道我为什么每月要去拉努齐家吗？经由他们家族一位值得信任的银行家，我可以寄一小笔钱回去，这是我攒给康斯坦斯和孩子们的！"

"你是怎么赚到钱的？"

"上课，"沃尔夫冈回答，脸上露出不自然的笑容，"或是帮助别人作曲，每次都确保是匿名，但我想我做得太过了……他们猜到了……"

"'他们'是谁？"焦阿基诺问。

"斯芬克斯。"莫扎特低声说。

莫扎特的影子

"斯芬克斯？"

"一个秘密组织，也可能不是。没人知道它是怎么形成的，或者它为什么存在。但我父亲是其中一员。他觉得它非常重要，会带给他声望和帮助。他说，能成为重要人物群体的一员是他的荣幸！他们就像一出伟大歌剧的秘密作者，在幕后坐镇指挥，以达到自己的目的……"

"我不明白……"男孩喃喃地说。

"你怎么可能明白？谁也弄不明白斯芬克斯，所以我父亲才如此自豪。他根本不认识组织里的其他成员。你可以把它想象成一座金字塔，中间一层的人完全不了解上一层或下一层的人。他们通过特殊的打招呼或说话的方式识别对方，而且会提前安排好见面的地点。"

"可是为什么呢？"

"这个问题我问了自己很多年，焦阿基诺。我得到的唯一答案就是……让你有一种你很重要的感觉。即使它并不是真实的，或者说即使它是暗地里的。"

"那你父亲……？"

"他把他的一生奉献给了斯芬克斯，还劝说我也加入。但我对此从来不感兴趣。我不喜欢那些人。事实上，我和我的朋友席卡内德，我们在《魔笛》里嘲讽他们。但是……我后来犯了一个错误。我的债务变得太多，于是我找到他们。我用我父亲的联络方式向斯芬克斯求助……他们帮了我。他们用自己的方式给我提供帮助。他们派了一个我不认识但让我害怕的人来找我。他介绍自己是 N.N. 先生。他说他看过我每一部作品的演出。他说我很出色，写那些愚蠢的诙谐歌剧根本是浪费才华。他建议我写一些完全不同的东西，而且不仅仅提出了建议，老实说……他成就了我。他跟我说，我可以用他借给我的钱随心所欲，作为交换，我必须交给他一首葬礼弥撒，也就是一首安魂曲。我要做的就是创作音乐，然后交给他，他会考虑偿付债务……"

"但你没有……"

"没有。"阿玛多伊斯说，"刚开始我对协议很尊重。我觉得一切尽在掌握，可事实并非如此……不仅是因为我立即用所有的钱还了旧债，而且因为，在快要接近安魂曲尾声的时候……我没办法完成。或者说，我没办法交给他。"

"为什么不给他？他们没有付给你足够的钱吗？"

"恰恰相反！他们付的钱比我以前接受的委派都多！"

"那是为什么？"

沃尔夫冈·阿玛多伊斯·莫扎特遥望着天边的落日："它太美了。"

莫扎特的影子

"我不明白。"

"它太美了……我没法把它交给 N.N. 先生和他的秘密组织。它是我的音乐。"

"所以，为了不交音乐，你伪造了死亡？"

"你们为什么都这么问我？难道你没有不顾一切地追随我和音乐走吗？"

伴随着一种未知的情绪，焦阿基诺感觉他的胃缩成一团。他不知道说什么好。所以他沉默不语。

他们继续赶路。落叶在他们的脚边翻飞。

"其实，还有一个人知道我的事。"沃尔夫冈·阿玛多伊斯·莫扎特喃喃地说。空气开始变得暖和起来。

"是谁？"焦阿基诺喘口气说。

"那个在维也纳公墓给我送盒子的孩子。我不知道为什么送盒子的是他而不是萨列里，而且我也没有机会去问任何人……"沃尔夫冈回答道，脸上露出奇怪的笑容。

20

来自黑暗之海

（莫扎特,《卢乔·西拉》,第一幕）

地面布满了深坑。

火山口。

托马斯爬过的山越多,突如其来的洞就越多。石头围成的圈是这些洞的标记。森林里到处都是洞。真令人吃惊。他正在穿越的森林与他家乡的森林截然不同。光是走在这些树枝下,托马斯就感觉焕然一新。他仔细观察这些不同,把它们记在脑子里。家乡的森林与他现在身处的森林相比,前者和谐平缓,后者陡峭险峻。目光所及之处,有平静的湖泊和突然涌出的溪流,有橡树和栗树,还有这些奇怪的洞。

莫扎特的影子

　　刚开始见到这些洞时,托马斯以为它们是山体的天然凹陷,像他在东部喀斯特地区遇见的那些洞一样。在那里,地底的空洞侵蚀暗河,然后在其他地方露出洞口。但在这片森林里,凹陷显得更有规律,而且它们很小。

　　整片森林里仿佛居住着一群无形之人,他们在自己的领地里挖了许许多多洞。

　　他仔细检查过。洞的四周,泥土紧密牢固,富有弹性。树木根系发达。这些树根几个世纪以来一直深深扎根在泥土里。他嗅闻洞底泥土的味道。

　　煤。

　　这些洞是人工挖出来的。

　　托马斯想到古代的火崇拜,想到从土中召唤出来的黑夜神明。舞动的火苗,重复的音乐旋律。他随即恼怒地把这一想法抛诸脑后。因为它让他想起了海那边的小岛,还有海滩上的篝火。

　　丛林。绿意盎然的林径。

　　大海。

　　它让他想起了魔法——他在成长过程中曾失去的东西。

　　他尝试想点别的,比如逃亡者的踪迹。但他仍然不断遇见洞和火山口。

他咳嗽起来。

不知道为什么，他想到了父母。托马斯记不清母亲的模样，她在他很小的时候就去世了。而他的父亲德·拉·佩耶特里侯爵很快就再婚了，和一个托马斯无法忍受的女人。他对父亲的印象，停留在一个被派往海外的法国贵族身上。除了羞耻心，他没有给托马斯留下什么，即使是姓氏，也为了能脱离家庭而加入底层兵团被他放弃了。托马斯从来没有后悔做这样的决定。

他选择了他的黑暗面。

咳嗽。咳嗽让他感觉到胸腔深处的钝痛。一种突然出现的、隐隐约约的痛楚，一种随着时间的流逝变得越来越明显的痛楚。

夜幕降临的时候，他升起了篝火。它们在他周围跃动起舞，整齐划一，仿佛火王给它们下了命令。

托马斯只是看着它们。

他感觉不错，仿佛身在家乡。毕竟，森林与森林之间并没有太大的差别。

他思索了一会儿任务，想了想他穿越森林追踪的男孩和老人，随后伸手捉了一只萤火虫。

透过指缝，他看见萤火虫一闪一闪的，好像一团晶莹剔透的光球。它的足部轻轻踩在他的掌心。

他张开手掌。

莫扎特的影子

萤火虫安静地停在那儿，一动不动。

它一闪一闪，渐渐暗淡。

白色的光，黑色的光。

一闪一闪，渐渐暗淡。

他的父亲，他的母亲。

它没有飞走。

托马斯笑了，他饱经风霜的脸庞挤出深深的皱纹。他想不起来上一次笑是什么时候了。

按照计划的路线，他开始连夜赶路，随身带着那只萤火虫。

他又在地上看到一个洞，这回他看明白了。

"煤火。"他喃喃地说，突然想明白了这些洞的作用。洞里点起火，上面覆上泥土，在余烬的燃烧下形成煤。

地下之火。

秘密燃烧。

在他心里。

和他一起。

他再次剧烈咳嗽起来，疼痛让他不得不停下脚步。

他怎么了？

萤火虫飞走了。消失在一群萤火虫之中。

21

哦，不，没有休息时间

（罗西尼，《爱德华多和克里斯蒂娜》，第二幕）

圣母弗奈利修道院白色的房间里，焦阿基诺在老师身边睡得很沉。他们停在这里过夜。他们遵从于神圣之地的寂静，默默地与修道士们同桌吃完晚餐，并向一幅画在大青铜盘上的圣母像致敬。修道院的大门一关上，外界的纷纷扰扰就像灰尘入水，瞬间烟消云散。

男孩比老人梦得更深远。这天晚上也是如此。梦里，焦阿基诺在修道院里东游西荡。他穿过小教堂，来到其余的修道士紧闭的房门前。他爬上小小的钟塔，望着满天繁星。月亮好像怀孕妇女的肚皮般越来越圆，星星在月光下黯然失色。山冈上

莫扎特的影子

树木丛生，无数只蟋蟀缓慢嘶鸣，像小提琴合奏般互相应和。焦阿基诺梦见他一边绕着钟走一边四处张望。在看见森林燃烧起来时，他停住脚步。一个大块头的黑色影子在火焰中前行：他的拳头闪着光亮，像是握着一支火炬；他的脸庞在火光下若隐若现，若隐若现。

是他放火烧了森林吗？

焦阿基诺看见他来到修道院前，绕着它走了一圈，最后停在厚重的大门前，重重地敲了三下。

他被惊醒了。

他感觉心跳失速，呼吸困难。

他把一只手覆在额头上。额上全是湿漉漉的汗水。

他把脚踩到地上。地面冰凉。

他是想起了他的梦。

然后，尽管不知道现在是什么时间，他仍摇醒了他的旅伴，坚决地说："我们得走了。"

22

想想吧，我差点想都没想

（罗西尼，《英国女王伊丽莎白》，第二幕）

托马斯能闻到逃跑的气息。尽管他还没进入修道院，尽管修道士们还没告诉他老修道士和他的年轻旅伴甚至没有告别就在黎明时分悄悄离开了。听说他们留下了一枚硬币，托马斯询问他是否能看上一眼。

不过，在允许他进去之前，他们想知道他是否受过洗礼。托马斯拒绝回答，修道士们还是让他进去了。

在两人住过的小房间里，逃跑的气息更加浓郁。魔鬼布莱克把手放在小床上，他仍能感觉到男孩身上的湿气——他睡觉的时候出汗了。

他是如此焦躁不安。

高大的黑人对此感觉抱歉。他并不想让男孩害怕。受到惊吓的猎物，行动会变得难以预料，他们会变得非常危险——特别是如果他们还有一把枪的话。"他们说过要去哪儿吗？"他问。

当然没有。但除非他们想回去山谷,待在群山的包围之中,否则他们也没有多少地方可去。

"去山口。"一个修道士过了一会儿说。他听到那个男孩说过。

托马斯问他们，走哪条路才能到达山口，问他们是否只有一条路通向那儿。

当然不是，有两条路。

直达路线是首选，虽然陡峭但速度更快。

"快多少？"

大约两小时。

两名逃亡者比他领先三小时。如果他能以离开博洛尼亚的速度赶路，就能在同一天追上他们。要是体内的疼痛不影响他就好了。要是咳嗽能够停止就好了。

他让修道士们送他出门，他们给他指了两条路：一条路跨越两条小溪，爬升至巴斯钦，翻过陡峭的福塔山抵达山口；另一条路沿着修道院的右侧往下，顺着小溪向山上爬，经由斜坡抵达山口。

"当心毒蛇。夏季毒蛇很多。"一名修道士警告说。

"毒蛇应该当心我。"托马斯嗤嗤笑道，"我的血是黑的。"

这天上午剩余的时间里，他一直在津津有味地回想修道士脸上的恐惧表情。

再次走进森林时，他问自己：如果他是男孩的话，会选择哪条路。他现在已经非常肯定，男孩才是决定路线的人。他会选择最快的路线保持领先吗？还是会选择确信没人会追踪的慢一点的路线？他的计划是什么？福塔山还是小溪？巴斯钦还是毒蛇？

领先三小时。

忽略这点会很愚蠢，而那男孩显然不蠢。

托马斯猛烈地咳嗽起来。

他露出一个奇怪的笑容，选择了速度快的路线，开始向着山口攀爬。

23

我不知道我是谁，
也不知道我在干什么

（莫扎特,《费加罗的婚礼》, 第一幕）

他们气喘吁吁地快速赶路，谁也没有说话，同时竖起耳朵听着周围的动静。四周的地面变得松软。流水淹没大片草地，形成了泥泞的水坑。一片片草叶子戳在水坑里。各种动物的足迹破坏了原来的小路。隆起的土块是野猪的地盘。焦阿基诺和沃尔夫冈各自制作了一根长长的手杖，用以探查地面，敲打石头，吓走毒蛇。太阳在空中升到最高点的时候，他们听到猎鹰刺耳的叫声，随即看到它收紧翅膀，顺着气流的托举，在他们头顶上方打着圈儿滑过。开阔的草地上只有他们，这让他们感到缺少保护和易受攻击。

我不知道我是谁，也不知道我在干什么

他们竭尽全力地赶路，登上坡顶时已是上气不接下气。巴斯钦山的绝壁奇峰在他们上方若隐若现。突然的惊醒和焦阿基诺的梦境让他们倍感不安，一路上反复不断地查看身后是否有人在追踪。

但他们没看见任何人。

只有他们俩和天上的太阳。

他们停下来大口喝水，休息几分钟后开始攀爬最后一段最陡的斜坡，它会把他们带到山口。

福塔山。

他们不得不频繁停下来调整呼吸。焦阿基诺头疼欲裂，双脚疼痛。他们无声地赶路，没有什么值得他们再开口，无论是维也纳的公墓、莫扎特的父亲，还是斯芬克斯，更别提这个意大利男孩的音乐天赋。他们筋疲力尽，满心恐惧。

"你还能走吗？没剩下多少路了……"焦阿基诺带头走了一段时间后说。

"走不动。"沃尔夫冈笑着说，"但我无论如何会跟着你。"

他们拖着沉重的双脚，挂着手杖一步一步向前挪。就在体内的力量即将用尽之际，莫扎特突然开始歌唱："我不知道我在干什么……"这是他创作的歌剧《费加罗的婚礼》里的一首咏叹调。

莫扎特的影子

焦阿基诺惊喜地转过身，露出开心的笑容。莫扎特继续唱着，他唱的是意大利语，发音清晰准确。

"费加罗是谁？"沃尔夫冈停下来时焦阿基诺问。

"他是伯爵的男仆,在伯爵的宫殿里打杂……"大音乐家说，随后从刚才中断的地方开始继续歌唱。这样一路走一路唱，他唱活了邪恶的阿尔玛维瓦伯爵，又唱活了塞维利亚的巴尔托洛医生。他们忘记了疲惫，在音乐魔力的支撑下终于在接近中午的时候抵达了山顶。

迎接他们的是一股强风，风吹乱了他们的头发。连绵的青山像一条沙罗曼蛇，向佛罗伦萨蜿蜒而去。

他们高兴得把行李包扔到地上。

"我们成功了，大师！"焦阿基诺张开双臂扑向地面，"从现在起全是下山的路！甚至用不了一天……我们就能到了！"

沃尔夫冈迎着风辨认远方佛罗伦萨的圆屋顶——与其说是用眼睛看，不如说是用头脑想——他想象自己抵达莱戈霍恩港，在那里动身前往偏僻的厄尔巴岛或是更远的地方。他听说过一个叫作斯特隆博利的活火山岛，想着在那儿的话，他肯定会非常安全。

他放纵自己沉浸于美好的希望，没有注意到离他们不远的山口峰顶还有一个男人。

"阿玛多伊斯，终于找到你了！"陌生人突然出现在他们面前，大喊道，"看来你不像我称赞的那样精明……你不记得我了吗？我可清楚地记得你，记得你如何摧毁了我的生活。"

沃尔夫冈惊讶得说不出一句完整的话，他只来得及转过身低语了一个名字。

"N.N.！"

他看见 N.N. 拿着一把刀。

"你觉得还有谁会等着你呢，大师？"蝙蝠男冷笑道。

音乐家顿时明白了："是你警告拉努齐我有危险，整件事自始至终都是一个阴谋！"

"没错，我甚至还让他们认为佛罗伦萨会有人帮你。不然，我怎么才能让你离开博洛尼亚，来到这样一个偏僻的所在呢？"

"滚开！"沃尔夫冈喊道。

"你竟敢对我发号施令！你这个胆小鬼！"蝙蝠男咆哮道，"你把我的忠诚当成交易！我的歌剧在哪儿，阿玛多伊斯·莫扎特？"

沃尔夫冈本能地瞥向地上的行李包。N.N. 注意到它了。

"在那里面？！把它给我！"他挥舞着刀子喊。

"做梦！"沃尔夫冈回答，他奋力扑过去，阻止蝙蝠男接近行李包。

"大师!"意识到发生了什么,焦阿基诺立刻大喊。

两个男人彼此抓住对方,摔倒在地上,翻滚起来。

焦阿基诺抓着父亲的手枪,全力飞奔过去,可随后就僵住了。

山口出现了第四个人。

一个高大的摩尔人。

24

最后的告别

（罗西尼，《特瓦尔多和多利斯卡》，第二幕）

托马斯没有说话。

他看见两个男人在地上搏斗，其中一个人手里拿着寒光闪闪的刀子。他看见他们喘着粗气，扭成一团，然后一个人一动不动地躺在地上，另一个人一言不发地站了起来。他看见手中握着枪的男孩，于是站到前面去保护他。

拿着刀子的男人吃惊地转向他。

刀刃上染满了鲜血。

"你是谁？"蝙蝠男弓起身体尖声问。

"把刀扔到地上。"托马斯低声回答。他的卷发像蛇一样在风中颤动。他的金戒指闪闪发光。

"你是谁？"蝙蝠男咆哮起来。

他没有给托马斯回答的时间，而是挥舞着刀子朝他扑去。托马斯拔出自己的刀，举着它，像舞蹈家一样轻盈地闪到一边。

蝙蝠男挥动他的长臂，一步一步向前逼近。他愤怒的双眼瞬间闪过惊愕和不可思议，接着，他就倒在了地上。

他死了。

战斗甚至还没开始就已经结束。

托马斯把刀插进刀鞘，跪在陌生人的尸体旁略略搜了搜身。没有表明身份的东西。衣服的质量太好，肯定不是强盗那么简单。他检查了那把试图攻击他的武器，血淋淋的。

他闻了闻。

毒药的味道。

这就是蝙蝠男试图攻击他的原因。只要一道擦痕，托马斯就会立刻被杀死。但这个人为什么会随身带着一把有毒的武器呢？他是谁？他在这儿干什么？闻到毒药的同时，托马斯还闻到了背叛的气息。谁背叛了谁？

他想起了将军和他的那些朋友。他不知道，也没有办法找到答案。

他看着前方十步远的修道士的身体，正一动不动地蜷在草地上。也许修道士会告诉他想要的答案。他站了起来。就在这一刻，他感觉到尾椎处传来危险的刺痛感。

他在风中缓慢地转过身。男孩站在他五步远的地方，用父亲的手枪指着他。

"别，别动……"男孩结结巴巴地说。他用两只手握住手枪，努力用全身的力气保持稳定。

"你甚至不知道你在干什么。"托马斯低声警告说。

"你……你也一样。"男孩用法语回答。

真令人惊讶。

男孩甚至还没有他的胸口高，但他还是举着枪，在他面前多少还保持着沉稳。他第一次仔细打量男孩晒黑的脸庞，他那聪明的黑色眼睛和毫不服帖的头发。好感油然而生，并且还在增加着。

它变成了尊重。

十岁男孩的勇气以这样最纯粹的方式展现在他面前。

他几乎感到了害怕。这种感觉比站在威胁着要对他开枪的拿破仑·波拿巴面前还要强烈。

因为这个男孩拥有更加正义的立场。

也许他正准备这么做。

也许。

"要不是我刚刚杀掉那个人，他就会杀了你。"托马斯说。

"你是谁？你在跟踪我们……"男孩喃喃地说。他先看了

看托马斯，而后看向躺在草地上的修道士。

"没错。"高大的摩尔人说。

"为什么？"男孩一会儿看看他，一会儿看看修道士，视线在两者之间游移。

"和这个走狗埋伏在这里等你们的理由一样。"

枪口垂下去，立刻又抬起来。

"你来杀我们？"

"不是。"魔鬼布莱克回答。

他诚心诚意地说。

他能感觉到内心的激动。他的心脏怦怦地剧烈跳动。他能感觉到有什么重要的事将要发生，但他不知道是什么事。

他解开腰带，让武器掉到地上。随后，他慢慢举起双手——这是他一生中前所未有的经历。

"我保证不会伤害你。"他承诺道。

男孩不确定地举着枪。

"你是法国人吗？"他问。

"算不上。"托马斯回答。

男孩低头看着修道士的身体。修道服下，一道猩红的伤口血流如注。

"你能……帮帮他吗？"他举着枪问。

最后的告别

"不能。"魔鬼布莱克回答。

这次同样说得诚心诚意。

修道士挣扎着，双手在空中挥舞，做着徒劳的尝试。当意识到靠近他的是男孩时，他停止了动作。

他的双眼因为恐惧睁得老大。这种神情托马斯很熟悉，他在成百上千人的眼睛里见过——单纯的对死亡的恐惧，对突然死亡的恐惧。

没有人愿意去死。但有时他们并没有意识到这一点。

"是我，老师！是我！"男孩喘着气，抓住他的肩膀。他轻轻把他翻过身，使他躺在地上，又用草堆出一个枕头放在他的脖子下。男孩不断地对他微笑，"你会好起来的，你会看见……"

他在说谎。

但他说得非常恳切真实。

修道士的伤口很深，即使没有毒药，它几乎也不可能痊愈。托马斯可以尝试包扎伤口，但在这与世隔绝的山顶上，除了让这个男人继续受苦以外，他没有别的办法可想。

"我不想……"修道士低声说，"我不想死！"

"你不会死，大师！"男孩回答，"你会看到的。你不会死！

你怎么会死？你还有我们！"

　　恐惧突然从修道士的脸上消失了，取而代之的是一种幼稚而恍惚的表情，天真得叫人难以置信。

　　"盒子……"过了一会儿，他喃喃地说，沉浸在一种奇怪的迷乱之中，"我的盒子在哪儿？"

　　"在这儿！很安全。"焦阿基诺一边回答，一边把盒子拿给他看。

　　修道士急切地握住他的手："你拿去吧……焦阿基诺，它应该由你保管。"

　　他笑了笑，闭上眼，又睁开。此时此刻，折磨他的痛苦似乎消失了。

　　"你知道……"过了一会儿，他说，"萨拉斯特罗是我的歌剧《魔笛》中一个聪明牧师的名字……我选择这个名字真是太可笑了……"

　　"不可笑。"焦阿基诺说，"你很聪明，非常聪明。你教会我如何去热爱音乐……"

　　"音乐，焦阿基诺……音乐……"他低声说，生命仿佛正在随着一阵阵风从体内流失，"你知道那些我从没告诉过别人的事吗……"

　　"不知道，大师，是什么……"

最后的告别

托马斯也不知道。

所以他竖着耳朵听。

"我们每一个人都拥有自己的音乐……我们的音乐。我们出生之时，就拥有了奏鸣曲，主乐章、次乐章，还有所有我们喜爱的即兴创作。我们一出生就拥有奏鸣曲，但我们要用整整一生去拆解它，然后把碎片按正确的顺序排好，先是第一片，然后是第二片……可是……"

他吃力地抬起头，看着男孩的眼睛，"可是如果我们不把它演奏出来，如果我们把它藏起来，等候恰当的时机……"男人狠狠地闭上眼，而后再度睁开。

"永远没有什么恰当的时机,焦阿基诺,时机永远不会恰当。只要有时机……只要有时机，它们都是恰当的。如果你不演奏你自己的音乐，焦阿基诺，最后你发出的声音还不如这片风中的草叶。秘密，焦阿基诺……真正的秘密不在于别人，不在于别处。秘密，焦阿基诺……在于你自己。"

他伸出一根手指放在男孩的胸膛上，最后一次轻轻碰碰他的手。

随后，沃尔夫冈·阿玛多伊斯·莫扎特躺回原来的位置。他似乎说完了。

直到这时，他才去世。

25

和睦的领土

（罗西尼，《采尔米拉》，第一幕）

托马斯和焦阿基诺挖了两个墓穴。第一个墓穴很浅，他们把蝙蝠男的尸体滚了进去。至于第二个墓穴，他们挑选了山口正中心的位置，两边山谷的风在这里吹得最猛。他们把沃尔夫冈·阿玛多伊斯·莫扎特的尸体停放在墓里，然后等待夜晚的降临和满月的出现。他们听见遥远的森林里传来一声狼嚎，于是把它当成是一个吉利的预兆。

他们决定不在这里放十字架，也不做任何标记。他会更喜欢这样。

在填土之前，焦阿基诺打开了莫扎特要求他保管的盒子。他看见里面有上百张乐谱，奏鸣曲、华尔兹、小步舞、咏叹调、民谣……大音乐家想让他掌握的各种类型的乐谱，里面都有。

和睦的领土

焦阿基诺百感交集，震惊地看着这些音符。它们似乎在他眼前鲜活地跳动起来。

音乐，他所有的音乐！给他的吗？

只给他的吗？

如果是这样，那么这些音乐发出的声音还不如风中的一片草叶。莫扎特不是为了把音乐藏起来才把盒子给他的。他跪倒在草地上，不知道该怎么办。他在满月洒下的光辉里翻阅这些乐谱，突然看到了安魂曲，那首莫扎特拒绝交给斯芬克斯的葬礼弥撒。每一个音符都一气呵成。他的手指开始颤抖。尽管感觉紧张，焦阿基诺还是开始读起第一排音符。他一边读，一边不知不觉地唱起来。优美的男高音袅袅升起在山口上方，随风飘过森林，飘到猫头鹰黄色的眼睛前，飘到野兔颤动的鼻孔前。歌声飘过溪流，飘进了萤火虫的领地。

歌声融进无边的森林。

焦阿基诺从容不迫地唱着。当他停下歌声时，黑夜似乎变得广阔无垠。他把安魂曲的乐谱放进墓穴，随后擦掉眼泪，将其余的乐谱安全地藏在盒子里。

高大的摩尔人在背后喃喃地说了句什么。

随即往墓穴里填了一捧土。

他坚硬粗糙的皮肤痛苦地颤抖着。

莫扎特的影子

　　他们给墓穴填完土后立刻动身赶路。得益于托马斯惊人的视力和焦阿基诺的指引，他们走得很快。在修道院过了一夜后，第二天晚上就能远远地望见博洛尼亚了。他们及时在罗西尼的父母发现他不在家之前赶回了城内。他们彼此之间几乎没有交谈，也没有提问。焦阿基诺不想知道这个黑皮肤的男人是谁，他是怎么找到他们的。而对托马斯而言，他不想说谎。不管是对于任务，还是对于将会提交给将军的报告，他都下了一个重要的决定。

　　"保护好那个盒子……"他们分开时，托马斯说，"如果我能给你一个忠告，年轻人，永远不要告诉任何人发生了什么。任何人。"

　　焦阿基诺知道这是一个好心的忠告。他犹犹豫豫地伸出手。

　　"你拿着枪……"他说道，"我不想再和它扯上关系了。"

　　托马斯严肃地点点头。

　　"谢谢你送我回家。"男孩说。

　　他们握握手。

　　黑皮肤的传奇战士把两根手指靠在额头上，向他行了一个军礼。

　　"我甚至还没问过你的名字。"焦阿基诺在他们分开前说。

　　"我叫托马斯。"战士回答。

"我叫焦阿基诺。"男孩微笑道,"焦阿基诺·罗西尼,有一天我会成为伟大的作曲家。"

摩尔人发现,自己又一次欣赏起男孩的态度。他说得非常平静,没有一点骄傲自大,仿佛只是在陈述事实。

他是对的,托马斯想。

一个人在介绍自己的时候,绝不应该囿于过去,永远应该展望将来。

"我是托马斯·杜马斯。"他说,声音清晰地说出他母亲的姓氏,"有一天我会成为自由的人。"

26

一切都在改变，在庄严地生长！多么纯净的空气！

(罗西尼，《威廉·退尔》，第四幕)

玛丽·露易丝·杜马斯感觉到一阵剧痛。

是时候了，她想。

她奋力呼喊利塞特，同时思考她需要多长时间才能到达镇子另一边的助产士家。她气喘吁吁地等待着脚步声的回应，却只听见水在壶里咕嘟的声音。她真想大叫一声"所有人做好战斗准备"，就像她丈夫所说的那样。但她的军队只有可怜的几个人：没有经验的年轻女仆、脑筋愚钝的老厨师和住得很远的助产士。

她需要多方面的支持，但谨慎的维莱科特雷村民并不允许。

即使这样，他们还极不情愿。说到底，她毕竟是个外国人，而且还是黑皮肤男人的妻子。

"利塞特！"她又喊。

什么也没有。

没有人来。

"该死的村民。"玛丽·露易丝喊道，"该死的乡下人！"

没人来帮她，但她肯定，在谷仓或鸡笼里，有人正在谈论她，想知道她会生个男孩，还是会再生个女孩。比如厨师约瑟芬，她自称是女性身体方面的专家。

"托马斯，这是个男孩。"女人笑嘻嘻地小声说，"即使你像往常一样在远方战斗，忙于那些你不能说出来的任务，也会是个男孩。"

"我知道。"她暗忖，一边喘气，一边努力想着子宫开始收缩后她说了多少遍"万福玛利亚"，还有，在利塞特出现前她还得再说多少遍。

"我知道托马斯不会在这里。"

但也许丈夫在家的话，情况会更糟。他会发现他很难指挥一项他不知道规则和秘密的任务。秘密。她丈夫似乎只专心于秘密，他不清楚自己保守过多少秘密，也不清楚自己是如何发现那些秘密的。困在家里的那段时间——被背叛，被弃置，被

拿破仑遗忘，他摇着头陷在扶手椅里——椅子小得几乎装不下他，他拼命用书或巴黎的报纸来转移注意力。他会在每一个字里看出黑暗的阴谋。如果他和她说话，那也只会说起谁谁谁被谋杀了。

在这样的艰难时期，他并不是最好的陪伴。玛丽·露易丝努力摆脱心中升起的预感，专注于即将到来的时刻。她祈祷孩子能健康出生，祈祷自己和孩子都能在生产中活下来，祈祷孩子会身心强健地长大，祈祷丈夫不会带他去打无意义的仗。她还有自己更私密的渴望，希望儿子会比丈夫更无私地爱她，希望他理解她，照顾她，希望他比她飞得更高，然后告诉她站在人生高处所能看见的风景。她祈祷别再是女孩，而是个男孩，因为男孩能决定自己的人生道路。

"啊——"她呻吟着。

这时，利塞特上气不接下气地闯了进来："夫人？"

"是时候了。"玛丽·露易丝一脸紧张地回答。

"我用跑的，夫人！"

她甚至没来得及脱掉围裙，就已经跑向栽满玫瑰的通道。这样一来，整个村子都会知道发生了什么事。

"等等……"她自言自语，开始像几个月以来一样对着肚子里的孩子说，"再等一会儿，已经去找人帮忙了……"她小

声说着，宫缩开始变得难以忍受。她对着肚子唱歌，还说了很多话，没注意到农夫们因为她古怪的举动而频频摇头。他们看过自己的孩子出生，也看过他们随后死去，完全不理解这有什么好大惊小怪的……但是她不这样想。她相信，孩子是否选择出生取决于她对这个世界的描述。假如孩子想要探索这个世界，就能让她的身体保持舒适和温暖。要是她能恰当地描述这个世界的话。因此，她努力去看，去听，甚至只去想她周围最美好、最有趣的事情。

"夫人！"厨娘喊道。

她端着一碗开水走进卧室，好心地摆放起枕头，带笑的脸上有点儿焦躁。这么长时间以来，这位夫人除了她的肚子以外什么也不谈（她对着肚子说话的时候不算），是时候生产了。

她已经远远超出了正常孕妇怀孕的时间。

玛丽·露易丝闭上眼，因为房间里弥漫的热气而稍感舒适。她知道她很快就不必再多想了。她能听见门外卵石地面上传来的利塞特的脚步声，她带着助产士回来了。她让自己倒进枕头堆里。

"是时候了，亚历山大。"她用虚弱的声音说，"是时候了。"

第三幕

维莱科特雷

1812

27

那面容，那表情

（罗西尼，《快乐的骗局》）

"预备！……下面！"剑术老师举着长剑说。他发动了第一次攻击，他年轻的学生同样如此。他们站在一大片草地中间。这里是维莱科特雷山谷大森林的边缘地带，一边能看见村里的深色石头房屋，穿过村庄的白色道路，以及远方被橡树和别的古老树木环绕的宏伟的梅西耶·卡拉德城堡的圆塔，还有德维奥莱恩夫人居所的白色屋顶和她那美丽的意大利式花园。另一边，越过街道，则是一派田园风光：草地连绵起伏，奶牛在吃草，湖泊浑浊泥泞。开阔的草地上到处点缀着树木，它们低矮的枝丫被山羊啃得光秃秃的，戳在那儿像孤独的小岛。

斗士们把脱掉的衣服挂在一棵树上：衬衫、袋子和装饰着长长孔雀翎毛的帽子。他们背对着森林，那是一片茂密得似乎无法穿越的屏障，就像是面对着出路的悬崖峭壁，每一条道路通向的地方都是如海底洞穴般的死路。

长剑在撞击时发出铿锵的金属声。

"干得好，亚历山大！现在……前面！"

男孩转过长剑，以行云流水般的动作挡住了下一次攻击。"你以为突袭就能打败我吗，穆尼耶先生？"

"当心你说的话！"

"你才要当心这些失误！"

他们踮着脚尖跳来跳去，进攻或是格挡。男孩刺了一次又一次，长剑直接对准老师的鼻尖。

"我准备好了，随时恭候！"他藐视地宣称。

"你这么说可不明智！"老师回答。

"别把我当学生！"男孩笑着说。

"你也一样！"

"非常好……准备战斗！"

穆尼耶老师笑出声来。他把长剑从一边移向另一边，发起一次次佯攻，期待男孩会做何反应。

"一……二……三……"他念念有词，加快课程的节奏。当判断出合适的时机，他突然喊道："现在开始！加油！"

长剑迅速朝对方攻去，斗士们快速而灵活地在草地中间移

莫扎特的影子

动。前进、后退，向上、朝下，弯腰、戳刺、格挡，两把长剑交叉抵抗。一方是穿着天鹅绒马裤的男人，灰色的头发扎成马尾，脸上的胡须好似森林之神萨梯一样；另一方则是橄榄色皮肤的男孩，他长着满头蓬松的金色卷发，一双湛蓝色的眼睛。

将近二十分钟的时间里，他们互相开着无伤大雅的玩笑，假装自己受到了侮辱，精力满满地缠斗在一起，仿佛在进行生死决斗一样。

"坏蛋！"

"叛徒！"

"我是国王派来的！"

"你会为你的错误付出代价！"

"投降吧，我会饶过你！"

"不可能！"

"那我会毫不犹豫地杀掉你！"

"首先你得击中我的心脏！"

"当心你说的话，别白费唇舌！"

"是谁教会你用剑的？火鸡吗？"

这时，穆尼耶老师举起一只手要求休战。他弯着腰大笑，笑得眼里涌出了泪花："我的孩子，你为什么会想到火鸡？"

男孩把剑抵在地上，气喘吁吁地回答："我不知道，但它

起作用了！"

"我不确定它在一场决斗里是否有用，但对我来说……火鸡！真是让你的对手分心的一个好主意。真的，非常好……"

他话音未落，就像黑豹一样弓着腰向前蹿去，用剑尖击打男孩倚着的剑，让它"当啷"一声掉在地上。

"嘿！"男孩说，垂眼看着老师的剑尖正指着他的喉咙，"这不算！是你要求暂停的！"

"可你信了我！"老师笑着说，然后深吸一口气。他把剑从对手的脖子旁边移开，帮助他站起来。"亚历山大，第一课你要学会永远……"

"永远保持警惕，不可相信你的敌人……"男孩一边拍掉汗衫上的泥土，一边背诵说。

他们向存放东西的树走去，同时简要地讨论着决斗中最有趣的部分。穆尼耶语速飞快，但说得很清楚。他像哑剧大师一样用身体表演各个步骤，同时演示所犯的错误。透过快要遮挡住视线的金色卷发，亚历山大在他旁边专心致志地观察。

他们快要走到目的地的时候，森林里出现了一个身影。那是一个高大的男人，穿得破破烂烂的，长长的头发乱得像鸟窝。他的脸棱角分明，仿佛刀砍斧劈的一样。

那是猎人布杜。

莫扎特的影子

他的腰带上挂着刀具、鸟羽和绳网，好比银匠的头带。他裸露的双臂像树根一样粗糙，双手像乌鸦的喙一样坚硬。

"布杜！"男孩招呼说。

"什么风把你吹来了？"穆尼耶老师举着剑说，"你送兔子来了吗？我们可以用它和香草一起做晚饭。"

林居者在树荫下向他们走来。他总是走得很快，但并不匆忙。他光着脚，它们黑得像被闪电烧焦了一样。

"没有兔子，没有，不过有个男孩就要倒霉了……没错，很快……"他说着，先看了一眼老师，又看了一眼男孩，"如果他不赶快回家的话。"

他大声嗤道，胡子像古代船头的破浪神一样向前突出。

"哦，不！"男孩突然惊恐地说，"我妈妈？"

"这是其中一个原因。"布杜回答。他的双眼像山鹬的眼睛一样又圆又黄。

"她是怎么发现的？"

"野兔在被抓到前可能也会问这个问题。"

此时，村中一座房子里传来一声女性的尖叫，男孩更加惊恐了。他知道这声音是在呼唤一个人。

亚历山大从树枝上拽下衬衣，不安地嚷道："我想我可能得放弃第二堂课了，穆尼耶老师。"

男人微微鞠了一躬。"你有正当理由，亚历山大少爷，我会在这里等待我们的下次见面。"

"跑！跑！"猎人催促道。他看着男孩一路飞奔过草地。

树下只剩下两个男人。

"布杜先生，关于兔子，你说的是真的吗？"剑术老师说。

"是的……"猎人低声说，"我的腰带上确实挂着一对野鸡，不过你得答应我，不能像上次那样用火烧它们。"

"布杜，那是加斯科涅的烹饪方法，做出来的野鸡味道最好。"剑术家拍着高大男人的肩膀说。

"先生，我非常怀疑。不过，你才是见多识广的那个人。"

28

穷途末路

（罗西尼，《爱德华多和克里斯蒂娜》，第一幕）

"亚历山大·杜马斯·德·拉·佩耶特里！"一踏进家门，他的母亲玛丽·露易丝就一字一句地质问道，"你去哪儿了？"

亚历山大是光着脚溜进来的，手里还拎着脱掉的鞋子，一脸被逮到现行的吃惊表情。

"妈妈！"他喜气洋洋地喊道，"你在家啊？"

"在家？！你知道现在都几点了？"

亚历山大惊讶地左看右看，说："三点？"

母亲的胸膛上下起伏，她抬起手臂说："三点？现在几乎是晚饭时间了，亚历山大！怎么可能是三点？"

"也许我们晚饭吃得太早了？"

"我得和你谈谈，亚历山大！"他的母亲双手抱胸，继续说道。

"是的，当然。"他喃喃地说，"听起来似乎很重要……"

"没错，很重要。"

他们一时间相对无言。男孩手里拎着鞋站在门厅前，他的母亲则双手抱胸站在走廊中间。

"那么？你有什么要告诉我的吗？"玛丽·露易丝说。

"没……没有。"亚历山大撒谎说，他感到难为情。

"没有，嗯？"

亚历山大勉强露出一个笑容，幸好这时厨娘约瑟芬替他解了围。

"夫人！晚饭准备好了！"她从厨房里喊道。

趁着母亲分心的空当，他把鞋子扔到地上，然后从她和楼梯之间冲了过去，一步一个台阶地向上跑。

"给你五分钟时间换衣服，然后下楼吃饭！"他母亲喊道。

母亲冲着他的方向怒吼一声，但亚历山大跑得太快了。

坏兆头。不久之后他想。

餐桌上摆了三份餐具。

"利塞特，我们在等谁呢？"他悄悄地问帮忙做家务的女孩，"我的表姐塞西尔要来吗？"

"问你妈妈。"利塞特回答道，她匆匆忙忙地走出餐厅。

莫扎特的影子

　　玛丽·露易丝似乎仍然怒不可遏。她坐在餐桌一头，那里曾是他丈夫的位置。亚历山大很熟悉那个位置：他父亲用刀在木头上刻出的痕迹，由于向后晃得太厉害而坏掉的扶手椅椅背。托马斯已经去世六年多了，但家里依旧有他存在的印记。

　　"你打算坐下来了吗？"他母亲说，打断了他的思绪。"先告诉我，你今天干了些什么？"

　　"谁要来吃晚饭？"他坐到餐桌右边问。

　　"格里高利神父。"玛丽·露易丝回答。

　　亚历山大脸色变白："哦，不！"他喊道。

　　为什么维莱科特雷小学的校长要来他们家吃晚饭？

　　"为什么不高兴？"母亲盯着他问，"在老师到来之前，你有什么要告诉我的吗？"

　　亚历山大使劲盯着盘子上的蓝色花纹，努力思索着该说些什么。

　　"比如，为什么你不去上学？"他母亲说，终于说出了她早就知道的事。她什么都知道！

　　"我没有！"亚历山大叫道。

　　"别否认，亚历山大！别对我说谎！我们约定过：不许在家里说谎！如果你父亲知道他有个说谎的儿子，他会怎么想？"

　　男孩感觉胃里一阵抽搐。

"为什么你一周都没去学校？为什么？去……去……去和那个吹牛大王穆尼耶击剑吗？"

"他不是吹牛大王！他差点儿成为国王的火枪手！"

"还是和那个……去森林里闲晃，他叫什么名字？"

"梅西耶·卡拉德吗？"亚历山大说。

"哦，没错，就是他，原来是真的！你那古怪团伙的一分子！一个是自称当过火枪手的吹牛大王，一个是住在森林里的疯子贵族和杀手！还有谁？"

"我……"

"格里高利神父说你几乎落下了一年的课程，可你在巴黎的姐姐却是班上最好的学生之一。"

"她在巴黎上学，而我……"

"你……什么？"母亲打断他说，"你觉得我没有为你尽力吗？神父说你甚至不知道怎样给小提琴调音，而且你的钢琴弹得很糟！"

"我讨厌巴赫！"杜马斯抗议说，"我一直跟你说，我讨厌约翰·塞巴斯蒂安·巴赫以及和他有关的一切！钢琴！管风琴！德国和莱比锡！我讨厌格里高利神父让我学他！"

"我们终于从你这儿听到了一些真实的答案！"玛丽·露易丝说。

莫扎特的影子

随后，她对餐厅门口的格里高利神父笑笑。

"陷阱！"亚历山大压低嗓门咕哝道，不情愿地站起来。

"杜马斯夫人！"神父用他那油腔滑调的声音问候道，听起来几乎像包裹着蛇皮，"以及……真令人意外！来自森林的男孩！"

"像我爸爸一样。"亚历山大说，他瞪了母亲一眼，随即补充说，"他以前也经常去森林。布杜告诉我的！"

他尴尬地笑笑，但焦虑让这笑容转瞬即逝。他们仿佛有更重要的事情要谈，而不是单单是为了责备他经常缺课。菜肴似乎证实了他最坏的怀疑——与他们拮据的生活相比，它们太过精致了：搭配肉酱的吐司、搭配清炖肉汤的油炸面包丁，还有美味的辣香肠。若是在其他场合，这些会让他非常开心。

但现在正相反，他发现自己被禁锢在餐桌礼仪里，唯一的自由就是时不时发出一声单音节的应答。

甜点上桌的时候，他终于得知了真相。在母亲的授意下，格里高利神父对亚历山大解释说，他们家一位已经去世的堂兄阿比·孔塞伊给他留下了一笔可观的财产。

"意思是我变成富人了吗？"亚历山大问。

"遗产，年轻人……"这时，神父尖声尖气地说，"是用于教导你成为一名牧师，就在苏瓦松附近的神学院里……"

穷途末路

这些话悬在空中，像一只张开翅膀的猎鹰。它朝亚历山大滑过去，伸出爪子抓住了他。

"神学院？！"他过了一会儿问。

母亲立刻伸出手覆在他手上："亚历山大，你最终会完成学业的！"

"牧师？我？我要怎么和我的朋友说？"

"说他们可以去苏瓦松看你！"

"不可能！"他回答，好像受到了极度的冒犯，"我永远不会去！"

29

她胸中陌生的激情

（罗西尼，《赛米拉米德》，第二幕）

亚历山大·杜马斯犹豫地看着丹特斯烟草店柜台上一字排开的硬币。

"怎么样？"埃德蒙先生问他，"你决定好买什么了吗？"

柜台上放着四支不一样的钢笔、几个容量相同的墨水瓶、两支铅笔和一打不同尺寸的笔记本。因为要去苏瓦松神学院接受牧师的面试，所以母亲允许他购买合适的本子和钢笔。

他拿起它们，又放下。他对着灯光翻阅它们，假装思考着他实际上根本不知道的一系列细节。他把钢笔和本子挨个儿排在柜台上，这样的场景他已经重复了许多次。

门上的挂铃响了，他的表姐塞西尔走了进来。她披着一头长长的卷发，皮肤光泽闪耀。

她胸中陌生的激情

"亚历山大！"认出他后，她立刻喊道。

"塞西尔……"他叹着气说，甚至连头都没转。这一天遇见她真是太糟糕了。塞西尔比他大几岁,苗条得像一头小羚羊，走起路来明显扭着臀部。

"有谁死了吗？"她问，"你看上去很惨！"

"如果他不赶快选好笔记本的话，他就死定了。"店主粗声粗气地插嘴说。

"你想得容易……"男孩嘀咕着，就连他的卷发也可怜地垂了下来。

"这就是你全部的问题？挑一本笔记本？"塞西尔笑了。她清澈的笑声像一连串的枪响穿过亚历山大。

"问题是上学！"亚历山大大大声喊道,"我要去苏瓦松当一名牧师！"

塞西尔和丹特斯先生面面相觑。丹特斯先生低下头，在围裙上擦干净手,咕哝了一句"上帝保佑我们"。他的声音非常小，亚历山大没有听见。但塞西尔却怀疑地大叫出声:"你？牧师？"

"是的，没错。"男孩用力点点头。

女孩一副沮丧失望的表情。

"你好好想过了吗？"

"当然想过！"他回答,"妈妈和格里高利神父都已经好好

考虑过了，而且我们的堂兄阿比·孔塞伊留了一笔钱给我完成学业！"

"我们的堂兄？那个掘墓人吗？"塞西尔不假思索地说。她伸手捂住嘴巴，但太迟了，话已经说出口。

这对亚历山大来说太过分了。

他把硬币扔到丹特斯的柜台上，喊道："你说得对！我受够了！我已经决定好了！"

"总算决定好了！"男人抬起头咆哮，"你要选哪本笔记本？"

"一本也不要！笔也不要！给我一根香肠和一片面包！"亚历山大要求说。然后他抬起头看着塞西尔的脸说，"你是对的。这太蠢了。"

"你打算干什么？"

"我准备逃跑。"亚历山大回答，"如果妈妈问起我，告诉她你最后看到我时……我正朝着森林跑。"

塞西尔眨着她的大眼睛，不知道该高兴还是该担忧。

"你想要一整根香肠吗？"丹特斯先生问，把一根香肠从钩子上取下来。

"一整根。"亚历山大·杜马斯回答，"我不知道我会离开多长时间。"

30

阴郁的森林，
悲哀而野蛮的荒野

（罗西尼，《威廉·退尔》，第二幕）

"给，夜里需要保暖。"布杜说。

他翻出了一条散发着难闻气味的旧毯子。

亚历山大把毯子当作皇帝的披风一样披在肩膀上，继续望着遮蔽夜空的茂密森林。猎人点起一小堆火，用树叶编成的圆锥形物体遮挡烟柱和火焰的光亮。他们把香肠穿在两根旧箭杆上，转动着在火上烤，油脂滴落，散发出一股美味的肉香。夜空中开始有星光闪烁。

"啊，布杜，这才是生活！"男孩叹息道，"忘掉学校和神学院吧，忘掉盘子和刀叉排列得像士兵一样整齐的餐桌吧！这才是自由！用自己的双手获取食物！跟着感觉走！在这丰饶的森林里，随心所欲地选择吃饭的时间和地点！喝水时用双手捧起溪流！布杜，我说的这些都是真的，不是吗？"

衣衫褴褛的高大男人没有回答，亚历山大又重复了一遍他的问题。

"是的，生活就该如此，你说得对。"他终于答道，"起码在你被他们逮到之前是这样的，因为后面等着你的是绞刑架！"

"这和森林没有关系，布杜！"

"也许吧，杜马斯少爷，但他们在拉绞索的时候，你可没时间去吹毛求疵……"他查看香肠烤熟没有，然后洒了一点酒在上面。火焰上蒸腾出一股热气。

"比如火！"亚历山大说着，紧紧地抓住他的箭杆，好像它是法宝似的，"它看上去像活的！"

"是的。"布杜说。

他们狼吞虎咽地吃着香肠，没有说话。四周的森林像埋伏起来的庞大野兽，而烟柱就像它的脐带。亚历山大研究着阴影，听见森林里传来的响声时，他不禁胡思乱想起来。

"我希望我能永远待在这儿。"他大声说，没有意识到自己说话的声音很响。

布杜没有接话，起码没有立刻开口。

"你和你父亲一样，杜马斯少爷。"

亚历山大的眼睛在黑暗中闪闪发亮："真的吗？"

"是的。他也热爱这个地方。他在这里度过了很长时间。"

"你和他一起来的吗？"

"有时候。其余时间他会对我说'布杜，今天我想自己去'，于是我知道我应该让他一个人待着。"

"跟我说说他的事吧！"

"你父亲很特别。"布杜说，"他总是沉默寡言。"

"这个我记得……"

"但他能心领神会。他会看着你，理解你。他会穿过森林，领会一切。要是……"布杜用脚踩灭火堆。

"要是什么？"亚历山大低声说，似乎有点儿被男人烦躁的姿态吓到了。

"要是他们让他安安稳稳地待着就好了。"猎人说，"他们应该让他一个人待着，但他们总会来找他。他们总是来带走他。"

亚历山大闷闷不乐地点点头。

"在你看来……这是为什么？"他双手抱着膝盖问道。

"因为他们不希望他去找他们。"布杜阴郁地回答，随即补充说，"你父亲知道很多敏感的事情，杜马斯少爷……"

"他和你说起过他们吗？"

"没有。"猎人稍稍有些犹豫地回答。

他们等待森林在星空下变幻出更多的模样。过了一会儿，亚历山大问："他和你说起过我吗？"

"他只说起过你。"猎人笑着说。

"他说了什么？"

"说有一天……"他停了一会儿。

"有一天怎么了？"

"没什么，杜马斯少爷。"

"你刚刚说过……有一天什么？"

"布杜，你这个蠢货！"猎人责备自己道，再次踢起火堆的余烬。

"我爸爸和你说了我什么？"男孩追问，在毯子底下转过身，好看得更清楚些。高大的男人似乎因为某些难以说出口的话而苦恼不已。

"拜托，布杜……"男孩说，"你和我爸爸是朋友，我们也是朋友，告诉我没关系的。"

布杜在夜色中猛力点头。他打开一瓶酒，狠狠灌了一大口。

他把酒瓶递给亚历山大，随之想起了男孩的年龄，于是又把它拿走，系回到他挂满无数器具的腰带上。

"你知道你父亲……在森林里有一个特别的地方，他总是

到那儿去……"

"秘密之地？"

"秘密之地。是的。有一年秋天我见过他，就在下雪之前。你父亲对我说：照顾好木屋，布杜。别让任何人发现它。如果不得已的话，就放火烧掉它。我很想有一天能带我儿子去那里，但恐怕不可能了……"想起这些话，高大的男人摇摇头，"你知道，亚历山大，他和我说的时候我并不理解。我不理解，可他已经知道了。他已经知道事情会如何发展。那是他生命中最后的时间，他知道。"

"什么木屋？"亚历山大小声问。

布杜指着黑暗的森林。他对自己老水手般的方向感充满自信。

"你父亲的秘密之地。"

"布杜，你把它怎么了？"亚历山大低声说，"你把它烧掉了吗？"

"没有，少爷，绝对没有。"

过了很长一段时间，他轻柔地补充说："从这里走过去要一天的时间。"

31

至少饶恕我的父亲

（罗西尼，《李察德和左莱德》，第二幕）

拐过小路，一幢木屋突然出现在眼前。结实的绳子把树干捆在一起，建成了这座木屋。它坐落在森林的隐蔽之处，背靠绝壁，一部分被覆盖在常春藤底下。它融进森林的绿色里，隐藏在高高的灌木丛后面。随着时间的流逝，它的屋顶已经变成了绿色，树干的裂缝里绽放出黄色的雏菊。这里的树木长得尤其高大茂密，因此显得十分昏暗。一旁有潺潺的溪水从巨石与苔藓带之间流过。现在他已经到了，布杜却停了下来。

"你去吧。"他直白地说，"从这里开始，你一个人去。"

一阵莫名的恐惧向亚历山大袭来。一方面，他好奇于这一发现，被他父亲在无人知道的情况下建造这座木屋的想法迷住了；另一方面，和布杜一样，他觉得自己像是一个秘密王国的

至少饶恕我的父亲

入侵者。

"你会在这儿等我吗？"

"当然。"布杜微笑着说。

亚历山大踩着巨石，越过小溪，一条过道出现在他面前，就在木屋周围的空地上。狭窄的过道里藏着许多小虫子，他穿过去的时候下巴很痒。

木屋的情况比他想象中还要糟糕：一堵墙坍塌了，屋顶中央也塌陷下来。门道似乎依然非常坚固。它的顶梁由三块大石头建成，类似古代的巨石建筑。门里一团漆黑。他闻到一股强烈的刺鼻气味。在习惯了昏暗的光线后，他立刻发现泥地上散落着细小的碎骨头。这个狩猎基地几乎没剩下什么：一张长满了菌菇的简陋小床、两张挂起来的破吊床、一个发霉的柜子、一张翻倒在地的桌子，没别的东西了。

亚历山大想象着父亲躺在吊床里晃荡，或是在漫长的狩猎过后躺在小床上休息。柜子里放着书，门道另一边的石墙上靠着长来复枪。他走近柜子，心跳如鼓，带着某种恐惧打开了它。柜子非常潮湿，状况很差：合页可怜地嘎嘎直响，里面涌出一群飞蛾，像风吹来的蒲公英种子一样扑到他脸上。柜子里装满衣服和旧书，因为时间太长已经长出霉斑。他用刀尖挑着它们仔细查看，那气味真是太难闻了。

莫扎特的影子

没什么别的东西，他对自己说。亚历山大盘腿坐在地上，努力记住室内的每个细节。他想着父亲，想着除了地点外也没什么其他秘密。然后，他注意到吊床残留的绳索上挂着一块名牌，上面写着"亚历山大"。他顿时感觉非常激动。他蹲伏着去摘名牌，结果看见它贴着的石墙上有一道微小的开口，看起来像是一个小小的圆圆的黑色神龛。

亚历山大眯起眼睛想看清里面是不是有什么东西，但洞太深了。他好奇地跪在旁边，伸进去一只手臂，他感觉手指下有东西在动。他赶紧抽出手臂，速度比伸进去时快得多。

咔哒！

黑暗的洞里传来金属碰击的声音。

"亚历山大？出了什么事？"布杜跑进木屋里大喊。

男孩一动不动地站在那儿，一只手握着另一只手，仿佛被咬了似的。

"我不知道！"他困惑地说，"我把手伸进这里，然后……"

布杜没等他进一步解释。"让开！"他命令道，随即蹲在他旁边，把他的手杖戳进洞里

随着咔哒、咔哒的响声，某样金属制品滚落在地上。

一个紧紧咬合的兽夹。

"年轻人，你该庆幸你的左手还在。"布杜喃喃地说，再次

把手杖戳进洞里。他发现，有什么东西卡在洞底。

"让我们看看那是什么……"高大的男人一边低声说，一边在数不清的器具中翻找。

亚历山大无法把目光从夹子的铁齿上移开。它远离他的手指，紧密地咬合在一起，只留下头发丝般的缝隙。布杜在他的燧发枪里填上汞炸药，然后伸进洞里开了一枪。一团炫目的白光闪过，木屋里烟雾弥漫，他们勉强看清洞底有一个军用包。他们抓住它，把它拖到外面。

他们坐在草地上仔细研究。军用包破破烂烂，但他们能看见里面裹着某些东西。

"你知道是什么吗？"亚历山大问布杜。

衣衫褴褛的高大男人摇摇头。

"如果是手枪怎么办？"亚历山大问。

"你父亲不喜欢手枪。"猎人说。

"无论是什么，如果需要用上夹子保护的话，我想他一定觉得它们有一定的价值。布杜，我说得对吗？"

"你想在这里打开吗？"猎人问，闻了闻周围森林的空气。

亚历山大点点头。他从包里掏出一个包裹，开始把它拆开。

里面有几件物品：一本红色的笔记本、一封没有寄出的信、一个大信封和一把燧发枪。每样物品都充满了谜团。

莫扎特的影子

比如红色笔记本，里面写着一句神秘的话：我知道你是谁。这句话后面紧跟着一长串代号。代号由一个、两个、三个或四个字母组成。每个代号旁边，他父亲会写上全名或贵族头衔，有时候是几句评论或一个地址。三个用红笔画出的名字引起了男孩的注意：银行家 D（为普鲁士人筹集资金）、法官 V（监视你的女儿）、商人 F（与伦敦有特殊关系）。另外，他父亲还写道：这三个人会首先背叛。

读了这些话，亚历山大感到简直无法呼吸：这些人是谁？他们背叛了谁？

他发现了父亲的什么秘密？亚历山大很好奇。

信封上简单地写着地址：杜伊勒里宫，将军收。亚历山大不知道这个地方。没有寄出的信，落款是七年前。

"看，布杜！"亚历山大喊道，"这封信是我爸爸在死前写的。"

高大的林居者不安地看着信，好像不知道该怎么看似的。亚历山大意识到他不认识字，所以大声把信读了出来。这是一封给将军的信。

他父亲的问候非常冷淡，他提醒将军，自上次的报告后，他就没有机会再见到他。他说亚历山大长大了，希望他像多年前承诺的那样成为他的教父。他还要求将军遵守其他的承诺，

并像他们约定的那样供养他的家人。为了不留疑问，他又誊写了他们以前约定的内容。

他说将军派他去意大利追踪的那个人已经在亚平宁山上被斯芬克斯雇佣的刺客杀死了。托马斯杀掉了刺客（亚历山大在这里停了很长时间才继续读下去）。他父亲写道，他亲自埋葬了两具尸体，而且很乐意亲自解释更多的细节。至于盒子，他补充说，他在那个男人在博洛尼亚的最后住处和他的行李中都没能找到。没有人卷入调查，也没有人知道其中的任何真相。

报告结尾，亚历山大的父亲问将军，是否收到了他的第一份报告。因为他回到巴黎后一直不能直接与将军见面，而是被迫通过他的两个"朋友"——执法官穆拉特和布鲁内与将军沟通，他希望提醒将军注意这两个人。

他还借此机会警告将军和他的那些斯芬克斯"朋友"的关系。他说自己进行了调查，发现了组织成员很多的重要秘密。他把内容都写在了将军交给他的红本子里。托马斯觉得，将军正处于危险之中，他的"朋友"准备一有机会就刺杀他。他们已经对先前的国王和之后的大革命先辈干过这样的事了。托马斯最后说，红本子是他送给将军最后的礼物。他像对待父亲一样侍奉他，结果却遭到背叛。因此，他写道，他不会再回去，也不希望任何人再来找他。

莫扎特的影子

信的最后几行写道：

我最后一次接受你委派的意大利的任务，是想给我，也给你一点挽救我们之间相互信任的希望。这种信任在战场上深化成忠诚，曾经在我们并肩前行时把我们团结在一起。但我苦涩地看到，你在沙龙、阴谋诡计以及你朋友的谗言中丧失了自我。我看到你不再像曾经那样关注人民的衣食住行——他们把希望寄托在你身上——而是更加关注密信和书里的内容。当心你的朋友们，他们比你的敌人更加危险。无论你把我当成朋友还是敌人，我确信都是错误的选择，因为我已经放弃了战斗。

你忠诚的

托马斯·亚历山大·杜马斯

读完信的时候，亚历山大的嘴巴很干，手指很疼，眼里含着伤心的泪水。

"我告诉过你，杜马斯少爷，你父亲掌握着非常危险的信息……"布杜只说了这么一句。

男孩把枪拿在手里转来转去。他发现自己很想知道父亲最后的秘密。

枪托上刻着一个意大利人的名字：G·罗西尼。

32

解不开的结

（罗西尼，《灰姑娘》，第二幕）

第二天。

"对不起。"亚历山大说。

母亲坐在楼上房间的扶手椅里，背对着他。阳光越过乡村和原野，从一扇打开的窗户洒进来，在他们的脚边形成光圈。

"你走了三天。"她喃喃地说，没有转过身看他。也许她哭了，也许她气到哭不出来。

"对不起，我就这样走了。"亚历山大回答，"可是我迫不得已，我不想去当牧师。"

母亲朝着阳光的方向伸出一只手臂。

"但你必须去。我需要你这么做。我再也没办法照顾你们俩了。我甚至负担不起你姐姐的学费，而且利塞特和约瑟芬也没地方可去。"

"我知道。"亚历山大说。

很长一段时间里，他们谁也没再说话。他两手背在身后，手里拿着他父亲的笔记本和信，手枪则塞在马裤的腰带里。

"在森林里待了三天，你得洗个澡。"母亲背对着他说，仿佛这种惩罚比大喊大叫还要严重。

"你怎么知道我跑去森林了？"

"你是你爸爸的儿子。"她说。亚历山大不知道她这么说是称赞还是忧虑。

"如果爸爸处在我的境地，他会怎么做？"他问。

"他不会逃走。"她终于转过身，看着她的儿子。

亚历山大仔细观察母亲美丽的鹅蛋脸。他能看出她满脸不解，能看出他们谈得还不够。她还是觉得他与他父亲不同。

他站在那儿等待，玛丽·露易丝最终张开手臂，让他投入她的怀抱。

但亚历山大克服了自己的欲望，转过身洗澡去了。

过了几天，母亲带他去找德维奥莱恩夫人。"你是说动物？还有植物，对吧？这些是你感兴趣的东西吗？"她问。他们仨坐在一间看上去像糖果盒子的蓝色客厅里。法式风格的窗户敞着，窗外是花园，窗帘在微风里轻轻飘动。侯爵夫人是一位头

解不开的结

发花白的老太太，脸上挂着亲切的笑容。但他母亲似乎很紧张。她挨着座位的边缘坐着，手里紧紧握着茶杯，好像它是个即将引爆的炸弹似的。亚历山大站在那里，羡慕地盯着那些巨大书架上的书。

"我儿子兴趣广泛，德维奥莱恩夫人，所以我向您推荐他。他年纪虽小，但我想他可以……"

"你喜欢书。"侯爵夫人说。

亚历山大转过身看着她微笑。

"试着翻翻这个。"贵妇人说。她从架子上拿下一本黑色封面的书，书名叫《自然通史与自然专史》。

"看看这些美丽的插图……"她说，翻到一张山猫的图片，这让男孩惊讶地瞪大双眼。

侯爵夫人笑了："继续，请随意……一共有三十六卷！我想如果你要全部读完，还得再来好几次……"

亚历山大抱着书走出去，每走一步书就敲一下他的膝盖。这时，她才把注意力放回到玛丽·露易丝身上。

"亲爱的，你刚才说什么？"

"亚历山大非常活泼，他兴趣广泛……"她说，脸上露出苍白的笑容，"但是，似乎哪个对他都没什么用处。"

"兴趣不一定非得有用，亲爱的玛丽·露易丝。最坏的情

况也不过是需要培养，等待将来是否会结出果实。"

"所以我想请求您的帮助。"随后，她告诉侯爵夫人，她一个人抚养他是多么困难，她不明白为什么他宁愿和那些名声不好的人混在一起也不去上学。

"这一点也不奇怪。"德维奥莱恩夫人微笑着说，"一边是森林里的斗士，一边是学校里的课桌。如果你是他，你会如何选择？"

"可是他姐姐……"

"也许让亚历山大干点实际的事情更好……"贵妇人继续说，"比如一份工作。事实上，我刚刚收到一位好朋友寄来的信。曼尼森法律事务所的曼尼森律师，他正在寻找一名聪明的跑腿男孩……我们要不要让他试试？"

玛丽·露易丝点点头，有点儿担心亚历山大的反应。

"当然，前提是我们能把他从那本书面前拖开。"侯爵夫人放下她的茶杯小声说。

因此，亚历山大正式开始在曼尼森法律事务所工作，这让他有机会认识许多比他年长的学徒，并和他们讨论各种各样的想法。他享受这份工作。他满足地穿上最好的工作套装履行职责，顺便向各式各样的人问好。他的老板乐观开朗，而且这份工作比他想象中要简单得多。这让他有充足的时间与穆尼耶老

解不开的结

师比剑，听他在少数几个听众前讲那些古怪的故事，或是和布杜在森林里长时间散步。曼尼森律师使得他母亲把心思放在亚历山大的才华和智慧上，而德维奥莱恩夫人则就男孩成为她图书室常客的事提出了自己的观点。他每天下午都在翻阅布冯伯爵那本大书里的动物插图，而后会向布杜描述所有细节。猎人有些怀疑地听着这些描述：如果细节是对的，他要求知道作者是如何了解得这么精确的（仿佛有人偷了他的秘密似的）；如果细节是错的，他每次都会大发雷霆。他不相信在森林里的动物世界中还存在着长颈鹿。为此，亚历山大请求侯爵夫人的同意，把书带到了森林。他们快活地坐在一起翻阅，直到深更半夜。男孩偶尔会在梅西耶·卡拉德的陪同下去打猎。梅西耶是一名没落的贵族，曾经在一个冬天为了取暖而烧掉了家里的传家宝。在他的土地上，他宁愿要农民们的陪伴，也不和那些豪华沙龙里的人在一起。

亚历山大没有忘记他父亲的信和在森林里找到的手枪（现在藏在他的床底下），可他不知道该如何处理它们，除非请教母亲或是朋友。但只有布杜知道事情的来龙去脉，而布杜明显不会透露一个字。

侯爵夫人的图书室里没有一本关于斯芬克斯的书，而且谁也不知道手枪上刻着的名字。

莫扎特的影子

将近一年后，曼尼森律师宣布他要去巴黎拜访客户，并询问哪名助手想要陪他一起去。这时，调查更多关于父亲旧信件信息的机会来了。

尽管只是作为一名男仆，亚历山大仍全力以赴去获得许可，最终他成功了。

离开前一晚，他洗了个澡，前所未有地打扮了自己，尤其是想要打理好他那一头乱糟糟的卷发。

早晨，在母亲惊讶的目光下，他穿上干净的西装。在确定没人看见的情况下，他把父亲的信封和未寄出的信藏在身上。

他动身前往大城市。

33

让我们至少配得上这血脉

（罗西尼，《威廉·退尔》，第二幕）

巴黎。

啊，巴黎。

亚历山大充满惊奇地游荡在弯弯的街道和白色的建筑之间。到处都是烤面包的香味，贝壳做成的管子里流出的碎冰让街头出售的花儿新鲜欲滴。他看见马车飞驰，工人们爬上脚手架去屋顶，商店里塞满新出版的书籍。他沿着塞纳河散步，像他一样散步的还有几千人。他断断续续听着他们的谈话，陶醉于体会到的归属感之中。他感觉无拘无束。这座城市充满自然的声音和活动，某种程度上与森林十分相似。这座城市就像一片建筑工地：许多房屋被拆除，以便给宽敞的大道让路；许多新建筑正在建造之中，打头阵的就是烟囱。到处是一派忙忙碌碌

莫扎特的影子

碌的景象。

他努力抵抗这座城市的美丽，然而徒劳无功。这让他在很长时间之后才有心思问路，他问了父亲写在信封上的地址。在去杜伊勒里宫的路上，他无意间看到一座大剧院。剧院的门开着，入口的门廊非常吸引人。

"就看一眼。"他一边走向入口一边自言自语，"看一眼就走。"

他穿过一间昏暗的大房间，发现自己站在舞台前面。他目瞪口呆地看着，惊讶于舞台的宏伟和一排排的空座位。他无法想象，有那么多人可以进入这里观看表演。

"年轻人，你是谁？"过了一会儿，有个声音响起，吓了他一跳。

这个声音低沉的男人坐在剧院的一个空座位上。

"对不起，我只是想看看。"亚历山大说，时刻准备着冲出去。

"你喜欢剧院吗？"男人问。亚历山大发现他很面熟。剧院外面的海报上画的就是他。

"你是塔尔玛吗？"他想起海报上的名字。

这位著名的巴黎演员愉快地笑了，放下他正在读的书："那么，你是谁？"

"我叫亚历山大·杜马斯，先生。我帮一名律师跑腿……"

随后他指着四周空荡荡的剧院勇敢地补充说，"但我想成为一名剧作家！"

"是吗？"演员笑着说，"你指望像年轻的罗西尼一样，他年仅二十岁就已经举世闻名了！"

"罗西尼？"亚历山大重复道。他不敢相信竟然听见了这个名字。"你说的是 G·罗西尼吗？"他迟疑地问，"你知道他是谁？"

演员趣味盎然地点点头。

"如果你不知道焦阿基诺·罗西尼是谁，孩子，那你不妨回家继续在法律事务所工作……"他开玩笑地说，"现在赶紧滚吧，你不可以待在这里！"

亚历山大不情愿地离开剧院，全心全意地思考着"焦阿基诺·罗西尼"这个名字。他肯定是个很有名的年轻人，可能是演员或作曲家。但他和父亲有什么关系呢？他的手枪怎么会到父亲手里？

他想不通。在琢磨这个谜题时，他抵达了父亲未寄出的信上的地址。他发现这里与其说是一幢建筑，不如说是一座宫殿。恢宏的入口处，马车和士兵来来往往，格外繁忙。亚历山大站了很长时间，最后终于朝它走了过去。

"我有一封信要给我的教父……"被一名士兵拦住时，他说。

"你的教父是谁？"

"将军。"亚历山大回答。

他把装着信的信封递给士兵，然后跑走了。

34

你不是我的儿子，
但我把你当儿子

（罗西尼，《德梅特里奥和波利维奥》，第一幕）

天一亮，玛丽·路易斯母亲就发现房子里来了一名国家官员。

她尖叫起来。

这人悄悄地进了维莱科特雷。他在街上下了马，推开小门，平生第二次沿着栽满玫瑰的小路走向门厅。他喊过门，但并没有得到回答，因为时间太早，大家都还在睡梦中。官员在房子里走来走去，最后停在能望见后面庭院的门廊处。

"你是谁？"玛丽·露易丝发现他后叫道。她下楼时穿着一条睡裙和一件无法拢紧的睡袍。她的头发也乱七八糟，"你在这儿干什么？"

官员尽责地拿下帽子，弯腰鞠了一躬，为他一清早突然的拜访道歉。

"抱歉，杜马斯夫人。我有一个重要的命令要带给杜马斯先生。将军请他过去。"

玛丽·露易丝慢慢用手捂住嘴。她难以置信地摇着头，最初很慢，然后越来越快。

"你！"她说，好像认识这个男人似的，"你怎么敢？经过这一切，经过这么多年！"

官员退后一步："杜马斯夫人，恐怕你误会了。"

"误会？我丈夫这么多年一直想见将军！他因为将军而受辱，因为将军造成的痛苦而死去！他六年前就死了，官员先生！六年前！你也把这个称作误会吗？"玛丽·露易丝·杜马斯吼道，"我不想再看见你！我不想再在这座房子里听见你们的说话声、脚步声和马蹄声，也不想再看见你们的脸！"

官员非常震惊，可还是从口袋里掏出折叠起来的命令，尴尬地读了出来。

"恐怕真的是误会，杜马斯夫人。我……非常了解你的丈夫。"他结结巴巴地说。

"看在他的分儿上，让他安息吧。"

你不是我的儿子，但我把你当儿子

"亚历山大·杜马斯！"官员小声地读出那张命令，"将军要求见亚历山大·杜马斯！"

这下轮到玛丽·露易丝震惊地倒退一步。

"他，他想……见我儿子干什么？"

"夫人，他就在外面的皇家马车里。"官员低头盯着自己黑色的靴子说，"将军希望和他聊聊。"

玛丽·露易丝听见走廊里传来一声响动，她转过身。亚历山大在她第一次大叫的时候就已经跑下来了，他听见了全部对话。

"亚历山大……"她小声问他，"出了什么事？拿破仑·波拿巴想从我们这里得到什么？"

"我不知道。"男孩回答。他蓝色的眼睛在金色的卷发下闪闪发亮。

黑色的皇家马车沐浴在清晨的阳光里，非常优雅。马蹄褪成灰色，敲击在地上的声音听起来很沉闷。一名全副武装的车夫坐在紧挨着法兰西帝国徽章的地方。

亚历山大东张西望，尽量让自己不要感到害怕。他看向马车及跟着的护卫队后方沉睡的村庄，问自己是否有人见过这种阵仗。他没办法想其他的事情，只想让激烈跳动的心脏平静下来。官员打开马车的门，他上了皇家马车，里面又黑又乱，还

莫扎特的影子

有一股浓烈的酒味。

亚历山大用手摸索着周围，他摸到了柔软的垫子，于是晕头转向地坐在上面。

"你就是托马斯的儿子？"过了一会儿，有个声音问他。声音的主人就坐在他前面。他穿着军装，周围散落着泛黄的文件。他旁边的座位上放着一顶黑色的大礼帽。

"你是我的教父吗？"他问，惊讶自己还能发出声音。

法国的皇帝拿破仑·波拿巴发出咳声。

自豪而满足的咳声。

"你父亲很伟大……"他说，"他是我的朋友……"

亚历山大没有回答。他不知道该怎么说或怎么做。他能听见马车外护卫士兵们互相轻声交谈和马儿从鼻孔里喷气的声音。

"只是在关键时刻，他不知道该走哪条路……"将军继续道。他的面庞第一次从阴影中浮现出来，亚历山大能看见他的眼睛因为缺少睡眠而充满血丝。

"但有一点他是对的。我不信任他的忠诚，而且还忘了你……"

他伸出一只手摸摸亚历山大的头发。男孩僵着身体一动不动，继续盯着他看。他感觉皇帝的手像是一条巨大的蜘蛛腿。

你不是我的儿子，但我把你当儿子

"遗传自魔鬼布莱克的金色卷发……生命有时很奇怪，你不觉得吗？"拿破仑向后靠进阴影里，问，"是你把他的最后一封信送给我的吗？"

亚历山大缓缓点点头。

"为什么？"

"因为我爸爸还没来得及寄就死了，先生。"他轻声回答。

"他什么时候去世的？"

"六年前，先生。他把这封信藏在旧家具的底部。"

"只有信吗？"皇帝问。

"不是。"亚历山大回答，"还有一本红色笔记本，可是……"他又想起那只旧柜子和柜子里发霉的衣服。

"潮气把它弄坏了。"

拿破仑·波拿巴尖声"嘶"了一下，发出一种野兽的声音，让亚历山大战栗不已。有那么一瞬间，他害怕皇帝发现了他的谎言，怕他已派人去他家里搜查，并且找到了红色笔记本和手枪。但他随后打消了这样的想法，只是等待着。

"真是太遗憾了，但我并不意外。这就是命运。你父亲从未受到过命运的眷顾，他也从未做些什么来改变它。但我相信……他是朋友。这么多年过去了，我甚至记不起来我是如何对待他们的。时光飞逝，朋友不复存在，而我发现自己……成

了现在的模样：睡在马车里，无数次奔向战场。"

他们沉默了很长时间。

"你几岁了？"将军问。

"快十一岁了，先生。"

"你在维莱科特雷干些什么？"

"我在一家律师事务所工作。"

"给律师干活！不错。你没想过参军吗？你可以加入军官团。你父亲本来可以成为一名贵族，如果他愿意的话。你仍旧拥有'亚历山大·德·拉·佩耶特里'这个名字，你祖父的姓氏。"

"我更喜欢'亚历山大·杜马斯'，先生。"

"这是一个不详的姓氏，孩子。它会给你带来麻烦。"

"也许你说得对，先生。但这是我爸爸的姓氏。"

"那你想成为一名律师吗？"

"不，先生。我想成为一名剧作家或作家。"

皇帝抖动着肩膀，似乎是在笑。亚历山大深感遭到了冒犯。

"那我恐怕不能为你做什么了。"笑完之后，拿破仑·波拿巴说。

"我也不能为你做什么，先生。"亚历山大回答。

将军在他那一堆文件里动动，再次从阴影中露出面庞。

"真的吗？"他问，"孩子，你能为皇帝做些什么呢？"

你不是我的儿子，但我把你当儿子

　　亚历山大看着他的眼睛，发现自己一点都不害怕。他冲动地把信封留在巴黎，只是因为父亲在信里写这个男人是他的教父。他曾梦想有一天能见到父亲用一生侍奉的将军，希望将军会记住他们，并最终帮助他们。

　　要是这个男人表现非同一般，亚历山大会把写着父亲发现的名字的红色笔记本交给他，会把所有事情都告诉他。

　　但这不可能了。他不想要这个男人的帮助和施舍，他不想和一个轻视他梦想的皇帝扯上任何关系。

　　无论将军是多么重要的人物，他都不配当自己的教父。

　　杜马斯听见马车外面传来武器的咔哒声和咒骂声，于是回答说："我祝你将来一切顺利。"

　　然后，他没有继续等下去，而是拉开门把手下了皇家马车。

　　车外，布杜正试图从穿着制服的士兵里挤过来。

　　"亚历山大，你没事吧？"他大喊道。

　　男孩笑着呼吸新鲜的空气，对他打手势说"没事"。

　　马车吱嘎吱嘎地离开了，护卫军随之走远了。

　　他们一离开，母亲就冲出屋子抱住了他。

　　"他想要什么？"她问。

　　"没什么。"亚历山大回答。她的拥抱让他觉得感动。

　　他看着母亲、布杜、厨子约瑟芬和像往常一样姗姗来迟的

利塞特。

他笑了。这才是他的家人。

"他是怎么找到你的？"母亲紧紧地抱着他问。

"一封寄错的信！"亚历山大回答道。布杜困惑地挠挠头。

他再也不会犯同样的错误了。

晚上睡觉前，亚历山大·杜马斯逐字逐句地回想这场对话。他翻着父亲的红色笔记本，向自己保证，如果真的成了剧作家或作家，他会让所有人知道父亲的事迹和他遭受背叛的方式。

随后，他借着月光拿出一张纸，用鹅毛笔蘸上墨水，写道：

亲爱的焦阿基诺·罗西尼先生：

我不认识你，你也不认识我。我的名字叫亚历山大·杜马斯，我十一岁，住在离巴黎不远的小镇上……

第四幕

巴黎

1813

35

哦，真倒霉

（罗西尼，《意大利的土耳其人》，第二幕）

这个夏天，络腮胡贵族出现在了维也纳公墓。

贾斯特斯没有立刻注意到他的到来。他正忙于照料一座大花坛，城里一个上流家庭决定要美化它。但当他看见络腮胡怀疑地审视着沃尔夫冈·阿玛多伊斯·莫扎特的假墓时，他感觉到胸腔里泛起一阵悸动。贾斯特斯马上认出了他。他的感觉和小时候一模一样，仿佛根本不存在二十年的间隔。

当然，这名绅士老了，也胖了，头发稀疏，梳着大背头，但仍旧拥有同样高贵的举止，这曾在他们第一次见面时给贾斯特斯留下了深刻的印象。

他穿着时髦的夏季套装，手里抓着一顶装饰着黑色缎带的轻便草帽。他的鞋子擦得锃亮，一尘不染。他凝视着伪造的墓碑，喃喃地说着贾斯特斯无法理解的话。然后，他迈着坚定的步伐，朝着音乐大师真正的埋骨处走去。

贾斯特斯忘了他的日常任务，跟在他后面。

如同他想的一样，这名贵族准确地停在莫扎特的棺材曾经下葬的墓穴前，一动不动地站在那儿陷入了沉思。出于不想打扰他的敬意，贾斯特斯藏身在小路旁边的一棵大树后面看着他。

他记得那天的每个细节，小心翼翼地守护着宝贝盒子里那枚络腮胡贵族给他的银币。当他发现他准备戴上帽子时，贾斯特斯挺直身体走出来。他清清喉咙，想引起男人的注意。

这名绅士半转过身，远离坟墓。他似乎觉得尴尬。

"你记得我吗？"这时，贾斯特斯强迫自己说。

"抱歉，你是谁？"

贾斯特斯又上前一步，露出笑容："我清楚地记得你。"他说。

这名贵族似乎更加尴尬了，但他立即又礼貌地表示歉意。"抱歉，我没时间……"而后，他突然直直地看着贾斯特斯，眼睛里闪过认识的光芒，"是你！"他喊道。

贾斯特斯很高兴，他还没来得及说话，这名贵族就抓住他的肩膀。"真不敢相信！真的是你吗？"

"恐怕是的。"贾斯特斯得意地回答。

"藏在墓穴里的小孩！等等……等等……我还记得你的名

字！贾斯特斯，对吗？"

贾斯特斯激动得说不出话来。

"所以最终……你留在这里了？"这名贵族笑着说，"真难以置信！"他友好地摇着他的肩膀，"你已经长大成人了！"

贾斯特斯仍旧朝他笑着，他简单地解释了那天之后的人生经历。他跟这名贵族说，他很快乐，他喜欢照料墓地和死者，他还学会了读书。

他热爱读书。

"读书？哦，这是一件美妙的事！"这名贵族说，"等等，这真是命运的安排！"

他从上衣口袋里抽出一本黑色封面的小书递给他。

是伏尔泰先生写的《老实人》。也许是用法语写的，贾斯特斯想。在这种情况下，他必须得学会法语。这名贵族保证说，这本书非常值得一读。当他说完故事里各个有趣的角色后，贾斯特斯想，自己应该告诉他关于蝙蝠男来过的事，但他没有提到莫扎特先生的棺材里空无一物。

这名贵族非常感兴趣地听了他的描述，最后惊呼说："那些该死的家伙！我无法相信！已经过了这么长时间！"

"你知道他们是谁吗？"

"太清楚了！"男人激动地喊道，"他们是一群放高利贷的家伙。他们借钱给别人然后勒索……即使他们喜欢自视为伟大

哦，真倒霉

的知识分子。跳梁小丑！说谎的笨蛋……哦，要是他们知道我和大音乐家戏耍他们的恶作剧就好了！"

"坦白说，我想他们知道，先生。我也知道。"

"真的？"男人担忧地问。他四下看看，一只手搭在贾斯特斯的肩膀上，领他去了墓地一处安静的地方。贾斯特斯紧紧抓着他的新书，仿佛它是最珍贵的财宝。

当满意地发现没人在偷听时，两人立刻谈论起来。贾斯特斯把他发现的所有事情都告诉了这名贵族，而这名贵族向他保证说他不会透露给任何人。他相信可以信任贾斯特斯，承诺会时不时地回来问候他，并给他带来更多的书。

"我能问问你的名字叫什么吗？"在他们第一次长谈的最后，贾斯特斯问。

有那么一会儿，对方非常惊讶，似乎没想到贾斯特斯竟然不知道他是谁。但很快他再度表现出开朗的性格，大笑着说："当然！我叫安东尼奥·萨列里，我是一名作曲家，也是莫扎特大师的好友。"

"他安息了……"贾斯特斯无意识地说。

"算不上！我希望他过得愉快，如果他还能的话！"萨列里临走前笑着说。

贾斯特斯目送他离开墓地，然后回到他的小屋开始读书。

36

也许有一天你会知道

（罗西尼，《鹊贼》，第二幕）

"听说了吗？看在上帝的分上，贾斯特斯！你听说了吗？"安东尼奥·萨列里在维也纳公墓里高呼，"我们打败他了！拿破仑·波拿巴被打败了！啊！看看新闻！看看打败他的地方！在莱比锡！莱比锡，约翰·塞巴斯蒂安·巴赫的出生地！你不觉得这是一个奇妙的巧合吗？啊，我的朋友，这是本世纪的第一个好消息！"

这名年迈的作曲家来到贾斯特斯的小屋，途中甚至都没停下来喘口气。他一到那儿，就弯着腰咳嗽，然后大笑起来。

贾斯特斯赶快把他领进来，尽可能地安抚他。"告诉我发生了什么事，萨列里先生！你是说在莱比锡吗？多棒的消息！请坐在这儿。我给你倒些凉开水。"

也许有一天你会知道

安东尼奥·萨列里把手杖靠在小屋的台阶上，一口气喝光了水。

"毁灭性的失败，贾斯特斯！他的帝国正处在崩溃的边缘！而且也该是时候了，你说呢？"

"每个人迟早都会走到头。"贾斯特斯冷静地回答。

"说得好！孩子，说得好！"萨列里拖长声音说。在先前那些顺便拜访或来谈论书籍的会面中，贾斯特斯从没见过他这么激动。"你知道是什么时候到了吗？"他补充说，查看贾斯特斯坐着的那张嘎吱响的椅子的扶手。

"我不知道，萨列里先生。"

"我给你买张摇椅的时候到了，贾斯特斯。"

"什么？"

"摇椅，最新的技术发明。一个美国人造出来的，最适合热爱读书的人。等着瞧吧！"

贾斯特斯耸耸肩。他不相信奇迹，也不相信技术发明。他绝对不相信自己会坐在摇椅上。幸运的是，萨列里没有继续摇椅的话题，而是立即开始朗读拿破仑在莱比锡战败的新闻。他评论了每个细节，贾斯特斯一边干着琐碎的家务活儿，一边竖着耳朵听。对他来说，真正的快乐是听作曲家讲他了解的趣事，看他讲解最新事件的样子……啊，没人会像他这样。

莫扎特的影子

在接下来的几天里，他们每天都在讨论这件事。

莱比锡战败的消息仅仅是标志着法国将军倒下的第一步。从那时起，萨列里越来越频繁地来见贾斯特斯，直到有一天他们吵了一架。

当时，两名送货员给贾斯特斯送来了著名的摇椅。贾斯特斯把它从包装里取出来，整整一周不敢碰它，直到萨列里回来看望他。

"来吧！试试！"作曲家命令说。

"我不确定我想试，先生。"守墓人说，怀疑地看着这张奇怪的椅子，"我不喜欢它摇来晃去。"

"这正是它的魅力所在。"

"你这样认为吗？"贾斯特斯怀疑地说。

"你相信我吗？"

贾斯特斯苦着脸："这不是相不相信的问题，先生……"

"哦，不是吗？那是什么？我把莫扎特的盒子托付给还是小孩子的你的时候，当年你还是小孩子，难道我不相信你吗？"

"先生，这不公平！"

"哦，天哪，坐下！快坐下！"

贾斯特斯照做了。他靠在椅子上，但当他感觉背后的椅子摇晃起来时，立刻低低叫了一声，害怕地跳了起来。

"哦，不，不！它不适合我，真的！"他气喘吁吁地说。

安东尼奥·萨列里轻蔑地看了他一眼："如你所愿。"他说。

他拄着手杖，拖着一双有毛病的腿走了。

贾斯特斯把摇椅放在外面，用一个小天棚遮盖起来。没有人敢接近它。它看上去像是某种恐龙的骨架。每天，贾斯特斯都会绕着它查看一圈，然后才去工作。

几个月过去了，他几乎开始憎恨它。自从拒绝坐上摇椅后，他的作曲家朋友就不来看他了。

贾斯特斯并不迷信，但他知道事情发生的原因往往很难解释。在某种程度上，也许这是一张魔鬼似的椅子，所以他才会突然感觉如此孤独。

春季到来。一个星期五，在按惯例巡视完墓地回来时，贾斯特斯发现一名女孩坐在萨列里先生的摇椅上。

他打消了跑去警告她、叫她下来的念头。相反，他冷静地走近她，肩膀上扛着工具，眼睛里充满警惕。

"早上好。"他说。

"早上好。"她回答，坐在椅子上前后摇晃。一副刚刚哭过的样子，"这是你的吗？"她指着椅子问。

贾斯特斯咕哝了一声，然后叮叮当当地放下他的工具。

"你介意我再坐一会儿吗？它让我感到平静……我真的没

想到它能让我平静。"

女孩长得很美。她叫爱丽丝，刚刚失去了叔叔，她整个下午都坐在椅子上让自己平静。贾斯特斯几次停下来去看她。他给她讲了几个好听的故事，逗得她笑起来，还注意到这张椅子是如何随着她的笑声颤动的。

她身上散发出紫罗兰的香气。

"谢谢你的陪伴，贾斯特斯先生。"这一天结束时，爱丽丝说。她站起来亲吻他的脸颊，并且在他耳边小声说，"你是我见过的最好的人。"

随后，她在摇椅的柳条椅面上放了一张写着她家地址的纸条，请求他偶尔给她写封信。贾斯特斯向她保证说他会写的，但直到将近午夜，仍只敢盯着纸条看却不敢触碰它。

夜里，死者的花园在他周围轻轻吟唱，神秘的灯光也出现了。

贾斯特斯退缩了几次才决心拿起纸条。他把它塞进口袋，随即转身抓住摇晃的椅子，让自己放松地躺在上面。起初，平衡的欠缺令他感觉奇怪，但渐渐地，他发现椅子摇得越来越慢，最后几乎停了下来。

贾斯特斯从容起来，他把脚跟抵在地上，轻轻给它一点推力。

他闭上眼睛，还能闻到爱丽丝的香味。

他睡着了。

"萨列里先生，我只有一件事不明白……"很久之后的一天，贾斯特斯说。

"什么事？"他的老朋友咳嗽一声说。

最终他还是回来看贾斯特斯了，他们恢复了以往的闲谈。每次贾斯特斯见到他，都发现他越来越老，越来越累。

贾斯特斯双手放在膝盖上，深吸一口气说："那天你为什么把盒子给我？为什么只把盒子给我？"

"啊，为什么是你？"安东尼奥·萨列里的眼神很奇怪，既焦虑又茫然，"谁知道呢？也许因为你是周围唯一的人。"

贾斯特斯怀疑地看着他。

"我担心斯芬克斯的人会在我身上找到它。"萨列里随后越来越认真地说，"但他们不会想到搜小孩的身。他们绝不会想到一个小孩会比他们还要狡猾……"

37

多么意想不到的胜利！

（罗西尼，《塞维利亚的理发师》，第二幕）

几个月后，一名十分优雅的男人出现在掘墓人小屋的墙角，看到贾斯特斯摇晃着沉浸在书本中，他后退一步，再度到处张望了一下，然后问："很抱歉打扰你，但你能告诉我安东尼奥·萨列里的葬礼在哪儿举行吗？"

起初，贾斯特斯以为这是一个玩笑。他放下书，不太确定地站起来回答陌生人，说没有这样的葬礼，而且据他所知，萨列里大师的身体非常健康。

他回想起他们上次见面的时间……甚至还不到……

那是多久以前的事了？

一个月？两个月？三个月？

相比于一个月，贾斯特斯确信更接近三个月，他有些担心。

多么意想不到的胜利！

问话的男人似乎对葬礼的事非常确定，因此贾斯特斯陪着他进入办公室，他们一起查看了登记簿。正如他所说，登记簿上没有安东尼奥·萨列里葬礼的预约，当天没有，第二天没有，甚至大后天也没有。

"这年头你不能相信任何人！就算报纸也不行！"这时男人用意大利语说，"你自己看！"

他把当地的报纸拿给贾斯特斯看，报纸上用红笔圈着作曲家的葬礼。

时间是今天，名字也相同，但墓地……

"是马茨林德斯朵夫墓地！"一发现错误，贾斯特斯当即叫出声来，"新教徒公墓！这里是圣马克思，天主教徒公墓。"

他发现自己喘不上气，只能痛苦地张合着嘴巴。这个消息来得太过突然了。

"你没事吧？"意识到他突发的问题，意大利人问，"你看上去像鬼魂一样苍白……"

"先生，这就是我的感受……"掘墓人说，"你能原谅我吗？我只是没想到他会去世……"他觉得自己所说的话感到有点儿可笑，"好吧，显然他会去世，但是……我想，我以为，我会以另外一种方式听到这个消息。我是说……"

"你认识他？"意大利人问，帮他解了围。

"哦，是的。"贾斯特斯毫不迟疑地说，"他过去经常来看我。我们经常一起读报纸上的新闻，讨论'吹牛大王'多么让人难以忍受……我是说拿破仑……抱歉，但他就是这么称呼他的。他常常带书给我，我们常常互相交流读书的感受……"

"你过去和安东尼奥·萨列里交流读书感受？"

男人觉得奇怪，这让贾斯特斯感到有些异样。他说："你知道，不太容易。他的口味非常特别，比如萨列里先生十分推崇伏尔泰的《老实人》……但我一点不喜欢那本书。"

意大利人钦佩地说："你读了伏尔泰的《老实人》？"

"你读过吗？"

"我努力过，但每次都会睡着。"

贾斯特斯笑了，笑得百感交集。他擦掉眼泪继续道："所以你同意我的看法！"

他们观点一致。

他们又各自倒了一杯咖啡。意大利人坐在那儿观察树木和坟墓，似乎没有回到马车上赶赴另一座墓地的打算。他是那种非常善于自我调节的人，懂得怎样把误解转变成机遇。如果他去参加葬礼的话，也是那种静静独处的旁观者，是贾斯特斯会开始搭话的人。他目不转睛地盯着贾斯特斯的摇椅，于是贾斯特斯邀请他坐上去试试，还跟他说了摇椅的来历。男人抓着椅

多么意想不到的胜利!

子扶手前后晃动，享受地闭上了眼睛。

"你是怎么认识他的？"贾斯特斯问，小口喝着咖啡。

"我不认识他……"意大利人回答，"但我一个好朋友和他很熟。我一直打算代他问好，但是……我总是错过机会。"

"维也纳的朋友吗？"

"萨尔斯堡的朋友。"

"你的口音听起来不像奥地利人。"

"我不是奥地利人，谢天谢地！"男人叫道，随即自我反省道，"无意冒犯，抱歉……"

"你根本没有冒犯我。"贾斯特斯愉悦地回答，"我相信我是半个意大利人。"

男人把咖啡杯放在地上："真的吗？"

"是的。我父亲是博洛尼亚人，我母亲是俄国人，我出生在维也纳，所以天知道我是哪国人！"

男人惊讶地瞪大眼："博洛尼亚！真是不可思议的巧合！我也有部分博洛尼亚血统！你姓什么？"

贾斯特斯说了，但意大利人摇摇头："我不知道，我不擅长记名字！"

"反正在这里也没多大区别。"贾斯特斯说。

意大利人笑了："说得好，亲爱的先生！说得好！"

莫扎特的影子

"比如，想想可怜的莫扎特大师……"掘墓人说，"他就埋葬在这里的某处，虽然谁也不知道他葬在哪里。当然，我除外。"

意大利人拉扯着他的小胡子，既开心又好奇："那时……你在这里工作吗？"

"也不是。"贾斯特斯喝完咖啡说，"我那时还是小孩，藏身在他的墓穴里玩游戏。显然，我不知道他是谁，但你想不到，那天我第一次遇见了萨列里先生……"

这时，看见意大利人听到这话的表情，贾斯特斯感到一股神秘的悸动穿过他的心底。他垂下眼补充道："他还给了我一只盒子。"

"盒子？"意大利人轻声说。

贾斯特斯知道这不是一个单纯的提问。意大利人知道些什么。萨列里先生瞒着那些人把盒子藏起来，他可能是其中的一员吗？

他假装满不在乎地耸耸肩，想看看他能发现什么："闪闪发亮的黑色盒子，锁的周围装饰着白色的大眼睛。他告诉我说……它曾经属于莫扎特的父亲。"

意大利人的笑声突然停了，他瞪大眼："原来是你……"他轻轻地说。

"我什么？"

多么意想不到的胜利！

他差点在摇椅上翻过去："你是维也纳公墓的那个男孩！"

意大利人猛地抓住掘墓人的肩膀，冷不防紧紧抱住他，低声说："如果我告诉你莫扎特先生从来没死……在这座公墓里，你会相信我吗？"

贾斯特斯实际上知道。

新挖的墓穴。

棺材和四名抬棺人。

盒子。

等在公墓墙外的蝙蝠男。

马车。

苍白的手。

泥土的气息。

空空的坟墓。

"是的，我会相信你。"贾斯特斯回答，"但我也许要再来一杯咖啡，才能接纳这一切，这位先生……"

"焦阿基诺。"意大利人自我介绍说，"焦阿基诺·罗西尼，我是一名作曲家。"

38

黎明前最后的笑声

（莫扎特，《唐乔凡尼》，第二幕）

两人互相说出了一切：焦阿基诺说他如何遇见和认识沃尔夫冈·阿玛多伊斯·莫扎特，说他们去往亚平宁山的逃亡，说N.N.如何在福塔山口伏击他们，以及托马斯——高大的摩尔人如何带着刀出现，说了他父亲的手枪；贾斯特斯说莫扎特如何逃出公墓，说斯芬克斯的人如何监视公墓，然后挖掘墓穴。焦阿基诺还说了沃尔夫冈创作安魂曲的事。最终，他们一起把各自身上发生的事全部拼凑起来。这是一个很长的故事，充满矛盾和不可思议的地方，缺失的部分渐渐浮出水面。直到最后，贾斯特斯才问起盒子和剩下的乐谱怎么样了。

焦阿基诺压低声音，坦率地承认他用它们帮助创作自己的音乐。正是如此。乐谱是莫扎特留给他的礼物，他仔细研读，

黎明前最后的笑声

在某种程度上当作参考，在觉得有需要的时候进行改动，从而创作出自己的所有音乐。正如他的老师教他去做的一样，他演奏了他的音乐。

他又小声补充说，他怀疑这么做是否正确，或者说这样使用这些乐谱是否错了。但贾斯特斯回答说，他甚至根本不需要问这个问题，毫无疑问这是最好的方法。如果他的老师把作品留给他，一定是因为想让他使用！

"他父亲把这个盒子留给他，是因为它能带来好运……"他补充说。焦阿基诺承认它也给他带来了好运。他是一名成功的作曲家，最著名的作曲家之一！他年仅十四岁就写出了第一出歌剧，十六岁时就指挥了一支管弦乐队。虽然他才三十三岁，但已经功成名就。他详细讲述了他如何乘坐免费航班飞去欧洲出访，并在各大剧院表演，他的喜歌剧让人们乐不可支，剧院里爆发出阵阵笑声，但偶尔，他也不得不忍受震耳欲聋的嘘声和口哨声（贾斯特斯发现这非常有趣）。然而，尽管最初失败时嘘声四起，人们却继续要求看他的歌剧，捧腹大笑后高谈阔论。渐渐地，很多人改变了对他的看法。现在他出名了，歌唱家、政治家、演员和商人团团围在他的四周，想要和他共事，或者想让他为他们效劳。

"真可笑，不是吗？"

莫扎特的影子

起初反对他的批评家们，如今在报纸上写道，罗西尼创造了一种革命性的戏剧体验方式。

"贾斯特斯，瞧见了吗？他们之前什么都不懂，现在依然什么都不懂。我创作的时候，想着的是我的观众。这一切都是为了他们，而且只为了他们。"

贾斯特斯完全赞同他的观点，并坦言自己从萨列里大师那里听过许多关于焦阿基诺的消息，但在此之前，他并没有认可他。当焦阿基诺问起萨列里如何谈论他时，贾斯特斯告诉他说，他曾经称他为"踢背人"，因为他有勇气把那些令人难以忍受的守旧歌唱家踢出剧院。

"当然，你应该把它当成称赞。"贾斯特斯说。

晚上，两人饿了。贾斯特斯做了晚饭，焦阿基诺同意留下来用餐。他们在热气腾腾的煮豆子前继续聊各自的生活。

"高大的摩尔人……托马斯怎么样了？"贾斯特斯某一时刻问，"你此后听过他的消息吗，或者和他联系过吗？"

"没有。"焦阿基诺说。他望着外面的树枝，它们在黑暗的阴影里似乎显得非常扭曲。"你没有试着寻找他吗？"

"没有。"作曲家回答，接着若有所思地皱着眉说，"但是十年前，曾经有个自称是他儿子的男孩给我写过信……"

"托马斯的儿子？"

"是的。"焦阿基诺说,"有趣。我完全把这事给忘了。"

"你没有给他回信吗?"

焦阿基诺陷入沉默,随即承认他没有回信。"我实在不知道该对他说些什么不会违背誓言或他父亲如何认识我的话。而且我觉得,这也许是斯芬克斯的一个……圈套……"

"你没想过去见见他吗?"

"没有。"焦阿基诺过了很长时间说。

"为什么?"

焦阿基诺转过身看着贾斯特斯:"你说得对,"他平静地说,"我为什么不去呢?"

他们见面的几天后,一个装着一张戏票的信封送到了公墓。准确地说,是一张歌剧的票,一张莫扎特的歌剧《唐璜》的票。和剧票同时送来的,还有罗西尼写的小纸条:我为什么不去呢?

39

谣言就像一阵微风

（罗西尼，《塞维利亚的理发师》，第一幕）

离开的时候到了。

不止要去看歌剧，还必须离开维也纳。

贾斯特斯离开公墓有两个深层原因——他在这里长大，几乎从来没有离开过。第一个原因他不想多谈，第二个原因是对他从死者那里偷书的指控。这是毫无根据的诬告。真是可耻。他顶多可以被指控飞快地读完了那些家属打算陪葬给死者的书。但他所做的，只是在下葬前迅速地读完它们。这和从死者那里偷书有天壤之别。指控他的男孩，是他在战争和革命时期雇佣的助手，那个时候死者增加导致公墓扩建。

贾斯特斯并不天真，他知道男孩想通过指控夺得他的位置。随便吧，当被告知时，他想。这恰巧是可以促使他离开的时机。

谣言就像一阵微风

　　他甚至不屑对指控做出回应，而是把几件个人物品收拾到一个小手提箱里，然后把它放在萨列里先生的摇椅上。他走出公墓，适时出现在卡恩内托尔剧院里。他走进剧院，坐在焦阿基诺为他挑选的位子上。这是一个适合皇室的中央包厢，周围的很多人都用一种看待皇室的眼神看着他，他奢侈地可以看见下面所有的观众。他知道歌剧会在遮住舞台的红色大幕后面上演，那些拿着乐器的人就是管弦乐队。他等到一切准备就绪：乐器调好了音，幕布即将拉起。

　　但他不知道接下来会发生什么。

　　他的心怦怦直跳，他的灵魂沉迷于音乐。贾斯特斯又哭又笑，感觉又恐惧又敬畏。他觉得他一生中的所见，没有任何东西能比得上这晚看到的一星半点。没有什么能比人类的灵魂更美。歌剧中的角色似乎立刻变成了他的老朋友。当莱波雷洛和唐璜在最后一幕出现在公墓里时，贾斯特斯感觉这出歌剧就是为他写的，它在告诉他接下来该做什么。

　　他投入忘我地观看了歌剧的结局。音乐停止时，剧场里爆发出雷鸣般的掌声。贾斯特斯用力鼓掌到两手刺痛。他发现自己精疲力竭，感觉再也无力观看另一出如此精彩的表演了。

　　第二天早上，他仍然心情激动，但还是决心背着摇椅动身。经过三十七年不知疲倦的工作后，他头也不回地离开了维也纳公墓。

莫扎特的影子

他一路向东，朝着巴黎的方向走。他读过许多以巴黎为背景的书，对那里的墓地产生了好奇。另外还有一个原因，但他不打算告诉任何人。

这世界真是奇怪，他一边走一边想，世事总是瞬息变幻。

由于不愿搭乘路过的马车，他走了将近三个月。此前，他从来没有旅行过，一次也没有，但他不打算再次旅行，所以尽可能地享受这次旅途上的每一步。累了，他就放下背上的摇椅，在路边休息一阵；饿了，他就找一家小客栈。他从没花过赚的钱，因此有一小笔积蓄。

他到达巴黎后，第一件事就是前往一个特别的地址。他礼貌地敲敲门，一看到爱丽丝就立刻向她求婚。她回答说需要一些考虑的时间。他说最多给她四十二小时——相同的时间里，莫扎特先生需要维持假死状态，然后才能复活。

在等待答复的同时，他去城里的拉雪兹神父公墓毛遂自荐。

他随身带着文件，还有 N.N. 先生留在莫扎特先生墓地的银戒指，那枚戒指刻有斯芬克斯的标记。他给公墓经理看了戒指，立刻就得到了他想要的职位。

公墓给了他一所房子，其后的五十五年里他一直生活在这里。他终于可以把萨列里先生的摇椅放在新房子附近的一棵垂柳旁边。

他的旅行生涯就此结束。

40

五，十，二十

（莫扎特，《费加罗的婚礼》，第一幕）

时光如流水。

五年，六年，七年。贾斯特斯在新的公墓里工作，并且又开始读书。他依靠当地的公报获得朋友焦阿基诺的最新消息。当焦阿基诺宣布隐退时，只有他不觉得意外。那时焦阿基诺还不到四十岁，比莫扎特隐退时晚了三年。

起码是比他第一次隐退时要迟。

贾斯特斯祝贺他朋友做出的决定，完全理解他这么做的原因。那些压力，那些假装是好朋友的伪君子，还有在各个剧院之间的连续奔波！他也理解为什么焦阿基诺决定回到博洛尼亚生活，那里是这一切开始的地方。

"干得好！"如果还能再见面，贾斯特斯想大声对他说，"干得好！"

又是很多年过去了。

八年，十年，十五年，十八年。

巧合的是，焦阿基诺隐退期间，公报上一名杰出作家的名气水涨船高，他叫亚历山大·杜马斯。报纸声称，他出道时是一名剧作家，之后才决定转向小说创作，类型包括经常在报纸上连载的冒险小说以及关于盗贼和阴谋家的其他小说。他的一本书让贾斯特斯整整一周彻夜不眠，那就是《基督山伯爵》。它讲述了一个被不法关押的男人和三个背叛他的人之间的故事：他成功出逃并以极其不可思议的方式完成了复仇。

贾斯特斯如饥似渴地阅读。他想不到一生之中还有什么能如同这本小说一样精彩。当读完书后，他唯一能做的就是回到第一页重新开始。杜马斯，相同的名字！他每次心里都在想。

可能是他吗？

同一个杜马斯？

托马斯的儿子？

他读完了所有他能到手的书，《三个火枪手》和精彩的续篇《二十年后》，真是令人惊叹的故事，非常简单但却不同凡响。

"我敢打赌……"一天他在公墓里工作时自言自语道，"不但他就是那个杜马斯，而且焦阿基诺最后会去找他！"

五，十，二十

几年过去了，贾斯特斯年纪越来越大，但看上去并不显老。他似乎拥有无穷无尽而又神秘莫测的精力，这让他比别人更加朝气蓬勃，就仿佛他正在耐心地等待着什么。

因为他是个耐心的人。

而且他愿意等到最后。

比如，1868 年，焦阿基诺·罗西尼像往常一样突然出现在拉雪兹神父公墓。

葬礼上人头攒动。

巴黎公墓里挤满了从世界各地来这里瞻仰伟大作曲家的人，通常是政治家、牧师以及歌剧界和艺术界的人士，他们代表着各种文化团体；还有单纯的看客和普通百姓，这些人因为他的作品而欢笑，而梦想。像所有得到尊重的葬礼一样，也有一些出席的人就那么远远地站着。

当年那个人也是那么静静地站着。

但这回是两个人，年龄在五十岁至六十岁之间。一个人浑身散发出权威感，他长着一头卷发，蓝色的眼睛在橄榄色皮肤的映衬下炯炯有神；另一个人十分瘦削，但长相出众，他留着一撇小胡子，浑身上下充满贵族才具备的忧郁感。

贾斯特斯观察了整整十五分钟，然后才像平常一样向他们走去。他沉默不语，待在那儿看了一会儿聚集在周围的人们的

后背，远远地听了一会儿牧师的祷告。

而后，他按惯常的方式行动了。

"真遗憾。"他说。

"非常遗憾。"忧郁的贵族赞同地说，两手摆弄着他的帽子。

"最遗憾的是，他在最后的四十年里几乎没有创作任何乐曲！"另一个人说，他蓝色的大眼睛闪闪发亮，"一个天才为什么要放弃他的才华？"

贾斯特斯靠近一点，他感到很满意。

这正是他在寻找的两个人。

"你认识他吗？"他问拥有卷发和深色皮肤的男人。

"哦，是的，我和他很熟。"他说。

"我也是。"贾斯特斯叹息着说。

"我们一起吃过很多次午饭，我还曾到他家里做客……"

"我猜是在博洛尼亚……"守墓人说。

男人看着他，因为自己的话被打断而发笑，仿佛对这样的事情不太习惯。他似乎在思考贾斯特斯说的话：他也认识焦阿基诺。

"毕竟博洛尼亚是他的家乡……"贾斯特斯放出诱饵，接着说，"那里是一切的开端，对吗？"

卷发男人仍然用蓝眼睛观察他，不知道该说什么。

五，十，二十

贾斯特斯继续道："你知道我们怎样交上朋友的吗？焦阿基诺弄错了葬礼的地点。他没去成安东尼奥·萨列里的葬礼，而是跑到了维也纳公墓，我来这儿之前工作的地方，我们聊了聊往事。当然，我们还说到了盒子……"

"当然……"男人附和说。

他们互相看了一会儿，假装在聆听牧师的祷告。

"它完全是个谜，你不觉得吗？"卷发男人说。

"你指的是什么？"贾斯特斯问，"另外，请允许我表达我的赞美，免得我忘记了。《基督山伯爵》是我这辈子读过的最好的小说之一。"

"谢谢。"瘦削的贵族回答，他的胡子因愤慨而颤动。

"非常感谢……"卷发男人——准确地说，是亚历山大·杜马斯回答，插在两人中间低声说，"你不应该待在维也纳吗？"

贾斯特斯笑了："你知道，这年头大家都在到处跑。"

"有些人总是倚老卖老。"亚历山大笑着说。

"因为枪，对不对？"贾斯特斯突然问，"这把枪属于他父亲朱塞佩·罗西尼，但你以为 G 代表焦阿基诺。这么多年，我绞尽脑汁想弄清楚你怎么会给他写信，后来我想到了手枪。罗西尼告诉我，这把枪最后在你父亲手里。"

亚历山大·杜马斯赞赏地低低吹了一声口哨，然后指着贾

莫扎特的影子

斯特斯用来当拐杖的竿子问："你想让我相信，你还在自己挖墓吗？"

"只给重要的人挖！"贾斯特斯微笑着回答，随即补充道，"总之，这是用来种玫瑰的。我的房子后面有一个美丽的玫瑰花坛。就在那儿，你看见了吗？那儿很安静，远离人群，垂柳的树荫下是一张可爱的摇椅，对那些想要讲述过去的冒险故事的人来说是最佳场所……"

"我相信你早就知道我是靠写这类小说谋生的……"

"我还相信我几乎已经把它们全都读完了……"贾斯特斯回答。

"冥冥中我感觉我们有很多话要说，就我们俩……"

"只要你能满足我的好奇心……"

"盒子在我这儿。"贾斯特斯还没来得及问，亚历山大·杜马斯就小声说，"他决定隐退的那天把盒子给了我……"

"啊！真棒。"贾斯特斯笑着说，"和我想的一样！我很高兴，真的很高兴。盒子也给你带去了好运。"

亚历山大·杜马斯没有回答。

"你们俩怎么有这么多话说？"陪他来参加葬礼的人问。他看着他们，仿佛看着两个疯子似的。他们看上去完全像是不期而遇的两个老朋友。

五，十，二十

亚历山大·杜马斯亲切地在他背上拍了一下，随后指着送葬队伍。

"听着，奥古斯特，你待在这里参加……葬礼。也许你会得到一些故事灵感……我也不知道。但无论如何你要留意，行吗？"

男人明显生气了，他挺直背走开了。

亚历山大立刻转身看着老守墓人："至于我们，贾斯特斯先生，如果你不介意的话，我相信我会去看看你的玫瑰。"

"不介意，杜马斯先生，一点儿也不介意。和文化人……以及见多识广的人进行有趣的谈话永远是一件令人享受的乐事。我有一大堆问题想要问你。"

"我洗耳恭听。"

"他们说好奇心害死猫。"贾斯特斯回答，"但如果你想知道我的看法，我觉得只有它才能让生命变得有价值。"

于是他们离开了，慢慢朝着玫瑰小花园走去。

"我当然用了！"那天晚些时候亚历山大·杜马斯说，"我用焦阿基诺告诉我的故事和我父亲的红色笔记本写了《基督山伯爵》，我同样用了代号：银行家 D 成了格拉斯，法官 V 成了维莱福尔，商人 F 成了……"

"费尔南德！"贾斯特斯快活地喊道。

莫扎特的影子

"我一直在这么干。我利用手头上能找到的一切。要是你认识我幼时的朋友的话，你会认出波尔多斯、达达尼昂和其他火枪手的原型！"

"我知道！"守墓人说，"他们太吸引人了，不可能没有真人基础！"

他们聊了很长时间。亚历山大说他如何到了巴黎，如何开始在剧院里工作，如何改变了主意，以及何时遇到的焦阿基诺·罗西尼。他还说了他父亲那令人难以置信的经历。

"什么时候遇到的？"贾斯特斯问。

"写完信的二十年后。"亚历山大笑着说。

又是一个不可能的巧合。

41

唉，若是残酷的
命运让我去死

（莫扎特，《鲁乔席拉》，第二幕）

焦阿基诺去世两年后，他的朋友亚历山大·杜马斯也去世了。

他死于12月5日，与沃尔夫冈·阿玛多伊斯·莫扎特同一天，起码与他第一次死亡的时间相同。

伟大的小说家要求葬在维莱科特雷的小公墓里。他在那里出生，在那里发现了他父亲的秘密，他母亲在那里尽其所能地抚养他长大。合该如此。

他回归了家乡，回到了真正的家人身旁。

贾斯特斯在报纸上看到了这一消息，尽管他已经年近九十了，仍下定决心去参加葬礼，哪怕只是为了看看他是否还能找出接下来会是谁，因为像亚历山大这样的人，不可能没有考虑过以后。

幸运的是，随着陪伴杜马斯出席罗西尼葬礼的小胡子忧郁贵族的突然来访，贾斯特斯很容易就能搭乘马车动身前往维莱科特雷。

他自我介绍说他叫奥古斯特·马凯，曾是亚历山大·杜马斯最信任的合作者之一。但促使贾斯特斯和他说话的最重要的一点是，他手里拿着一个形状熟悉的包裹。

轮到他了吗？年老的守墓人想。

"我想你知道我给你带来了什么……"马凯先生说，唐突地向贾斯特斯展示那个锁孔周围装饰着白色眼睛的黑漆盒子，这让他有些不快。

"也许你能帮我弄清楚我还没搞明白的事情……"一百年了，贾斯特斯对自己说。

第一次时，一名长着胡须的贵族带点随意地把盒子放进他手里。如今，将近一百年后，又有一名长着胡须的贵族带点儿尊敬地把盒子给他看。要么是他的身份变了，要么是贵族的身份变了。也许在整件事情中，胡须也有某种意义。

"为什么你觉得我能帮你？"他漠不关心地问，尽管他可

怜的心脏近乎痛苦地在胸腔里跳动。

"因为你和杜马斯在罗西尼的葬礼上谈到了盒子……"

"没错。"贾斯特斯回答。

"他跟我说他发现你非常有趣。"马凯继续道，"而且自第一次见面后，他在很多不同的场合和你交谈过……"

"是的，他来看过我几次。"贾斯特斯说，没再补充什么，"总之，谢谢你来看我。在去维莱科特雷的事上你帮了我大忙！"

"我绝不参加他的葬礼！"马凯先生这时气冲冲地喊起来。

"为什么？"贾斯特斯故意刺他，"你刚才不是说，你是他最亲近的合作者吗？"

"合作者？！不如这么说吧：我是他的奴隶，是他的代写作者。"

"代写作者？"贾斯特斯问，"马凯先生，你能给我点儿时间吗？在你继续前，我想坐到摇椅上。请跟我来，然后说说代写作者的事。你想来杯好喝的咖啡吗？"

他们在柳树的树荫里安顿下来。马凯先生把盒子放在地上，说他替亚历山大·杜马斯工作了很多年，写了好几本出名的小说，尤其是《基督山伯爵》和《三个火枪手》。

"你写的《基督山伯爵》？"贾斯特斯过了一会儿问，"怎么可能？那是亚历山大父亲的故事。"

"哦,灵感都是他的,但写作……书上的语句……都是我的!"

"我想不通这怎么可能……"贾斯特斯喃喃地说,眉头紧皱。

"好吧,我给你举个例子。书里有个场景描写的是埃德蒙·堂泰斯遇到了帮助他逃出伊夫堡监狱的法利亚神父。"

"我记得非常清楚。"

"我按照杜马斯的灵感写了整场出逃……"

"什么灵感?"

"他就说了一句话:找到让他逃出监狱的好方法,让他得到宝藏。"

"你做到了。"

"没错,我做到了!"马凯说,他不耐烦地挥挥手,"总之,我们别说这个了!我来这儿不是为了抱怨我写的书让杜马斯多么出名。"

"是你们一起写的。"贾斯特斯纠正他说。

"别这样折磨我!"

"我为什么要折磨你?难道你不开心吗?成千上万的人读过《基督山伯爵》,而且非常喜爱它……"

"可有多少人知道我的名字?"

马凯先生似乎对这一评论感到恼怒,他继续道:"不管怎样，《基督山伯爵》的成功让我们的关系越来越紧密。杜马斯觉得给钱就行，只要他给的钱比以前更多，我就会继续跟他合作。但对我来说，不是钱的问题，而是……我不知道怎么形容。"

"渴望被认可？"贾斯特斯提点说。

"是的，差不多。我不想只当一个代写作者……我想让每个人都知道我的作品……"

"但大家确实知道，如果你真的写了《基督山伯爵》的话。"

"瞧？连你也怀疑！谁也不相信是我写的！杜马斯！杜马斯！只有杜马斯！"马凯愤怒地喊道，"我们为此而争吵。我想在书的封面上增加我的名字，他拒绝了，说编辑坚持要那样！"

"难道你不相信他吗？"

"是的。"马凯激动地说，"我们断绝了合作关系。我得说，在罗西尼的葬礼前，我们很长时间不来往了。葬礼结束后，就在不久前，他突然派人找我，说他急于和我见面。"

"你是怎么做的？"

"尽管对他专横的行为感到愤怒，我还是去了他家。亚历山大像平常一样得意地跟我打招呼，好像我们一周前刚刚见过，并且正准备着手合作一本新书似的。他给我看了一本他正在写的书，还描述了一些故事的片段。他还是老样子。"

"然后呢？"

"然后我想知道他这么坚决地召唤我的原因，结果……他给我看了盒子。他说他想把盒子给我。"

"哦！他选择了你！"贾斯特斯忍不住脱口而出。

"选择我干什么？"马凯怀疑地问。

"抱歉，抱歉。请你继续，求你了！"

"他让我发誓只有在他死亡的那天才能打开盒子，然后给了我一把上面刻着什么的银钥匙……"

"字母 M。"贾斯特斯补充说。

"你瞧，我有充足的理由来拜访你。"他猜疑地噘起嘴巴，"亚历山大给我钥匙的时候似乎有些犹豫，仿佛舍弃这件物品非常可怕似的。他突然转过身，命令我在他……改变主意之前赶紧离开。我照做了。我回到家，把盒子放在一个衣柜里，对谁也没透露过一个字，直到今天我得到消息，于是……"

"你打开了。"

"没错。"马凯回答。

"等一下，马凯先生，在你离开前我还想知道一件事。你说你看见亚历山大正在写一本书。你知道他写完了吗？"

"《最后的骑士》？"代写作者说，"据我所知，没有。"

"我就知道。"贾斯特斯喃喃地说。

唉，若是残酷的命运让我去死

"我不明白……"

贾斯特斯笑笑。

"你不明白什么？"他问。

"这些东西怎么可能藏在盒子里？"

"你指的是沃尔夫冈·阿玛多伊斯·莫扎特的原始乐谱吗？"

"是的，没错。"奥古斯特·马凯回答。

"一把刻着'罗西尼'的手枪。"

男人吞了吞口水，点点头。

"唔，我想说……一本属于亚历山大的父亲托马斯·杜马斯的红色笔记本，里面揭露了秘密组织斯芬克斯所有成员的身份，或者说起码是大多数人的身份……而且也许这些名字和亚历山大让你在书里写的一样……"贾斯特斯继续说。

"还有……"马凯补充说，"亚历山大·杜马斯一篇未出版小说的详细大纲。"

"当然。"贾斯特斯说。

"我得说，这里没什么奇怪的……"

"你错了。比如，你能告诉我小说写的是什么吗？"

"是一个很荒诞的故事。"

"告诉我吧，马凯先生。"

"故事开头，莫扎特逃出了维也纳公墓，他只是假死……

因为安东尼奥·萨列里替他在维罗纳找到的一种毒药……"

"莎士比亚的《罗密欧与朱丽叶》里的毒药。"

"你真令人惊奇！"

"继续，不用考虑我！"守墓人急切地说，听着这个非常熟悉的故事。博洛尼亚的出逃，拿破仑派去抢盒子的刺客，斯芬克斯派去寻找安魂曲的人，还有福塔山口的死亡。然后，回到家的焦阿基诺靠着莫扎特的乐谱成了世界最著名的作曲家之一。他决定在音乐生涯的巅峰时期隐退，把盒子交给了年轻作家，他很快成为法国最著名的作家之一……

"然后呢？"

"然后完结了！"马凯说。

"在你看来，你觉得它为什么完结了？"

因为马凯没有表现出任何明白的迹象，他尖锐地问："你没有问问自己，为什么盒子最后到了你的手里吗？"

"当然，因为我应该写完这个故事。但这不可能！"

贾斯特斯笑了，他从摇椅上站起来去倒咖啡："亚历山大·杜马斯给了你他能给出的最好的礼物……而你却在抱怨？继莫扎特、罗西尼和大仲马之后……也许该是奥古斯特·马凯站出来的时候了？"

男人又被贾斯特斯的幽默激怒了，他感觉受到了嘲笑："你

怎么能认为我会用他的灵感来写自己的小说？"

"为什么不？亚历山大给你了！"

"你不明白。"

"不，你才不明白！"贾斯特斯激动地说，"你说你一直活在大仲马的阴影里。现在他死了，轮到你来扭转局面了。"

"冒着因为他的灵感才出名的风险？"

"有什么问题？"贾斯特斯追问说，"你嫉妒吗？因为这是一个很棒的灵感而嫉妒吗？"

"注意你的言辞！"马凯说。

"我说的就是我看到的，马凯先生，我搞不懂你的态度。代写作者先生，如果像我一样的人收到你拥有的礼物，我们甚至不知道如何开始。我没有得到这个令人神魂颠倒的奇妙灵感。但你和他共事过，可你却说得好像要因为他送给你的灵感以及他的成功和热情而惩罚他似的，仿佛尽管他已经去世，你却仍旧难以面对亚历山大以及像他一样的人，虽然他们和我们一样，但事实上却莫名比我们更好。他们都是一个能和我们看不见的无形之物斗争的人。"

"守墓人先生，你在妄想……"

贾斯特斯深吸一口气，继续道："马凯先生，你来请求我的帮助，而这就是我的建议。你收到了一件礼物，盒子里面是

亚历山大·杜马斯最后的灵感，该怎么做由你决定。但在你离开前，我希望你诚实地回答一个问题。马凯先生，你代替杜马斯写了小说的诸多部分，你独自生活在乡下寓所——顺便说一声，很明显你住在乡下——但你曾经有过一点想要创作《基督山伯爵》的想法吗？"

听到这些话，奥古斯特·马凯气愤地从椅子上站起来。

他捡起古埃及盒子，没有告别就走了。

42

别跟着我，不然就把你偷走

（罗西尼，《西吉斯蒙多》，第一幕）

九十九岁生日时，贾斯特斯收到了礼物留声机。一个带有铜喇叭的木盒子，通过一张非常易碎的圆形大唱片放出录制好的声音。他第一次尝试播放时非常恐惧，但现在已经能一笑置之，想着他的反应和当年面对摇椅时简直一模一样。第二次播放时，他对它只有恼怒的感觉，尽管最后他开始觉得这是一件了不起的乐器。真正的奇迹，一个不朽的盒子：声音和音乐似乎被禁锢在黑色的唱片里，可以无限循环地播放，并且永远一模一样。他购买了能在城里找到的焦阿基诺·罗西尼的所有作品，《塞维利亚的理发师》和《贼鹊》里的咏叹调也让他听得兴味盎然。

终于，他的一百岁生日到了。

莫扎特的影子

仿佛是打听过他的生日似的，奥古斯特·马凯回来看望他。他一直等到贾斯特斯听完音乐才出声。

"是马凯先生，真令人惊喜！"贾斯特斯认出他后马上问候道。贾斯特斯没有立即就认出他，因为杜马斯的代写作者变得背曲腰躬，脸也特别瘦。"一切都好吗？你的故事和书怎么样了？"

留意到他不打算立刻回答，贾斯特斯便向他展示了留声机，称赞着它的优点。但他没有播放，因此他们俩仍旧听着风的低语。

"我骗了你。"马凯突然说，"你也骗了我。"

贾斯特斯面无表情，脸上全是细小的皱纹。他没有回答，等着马凯继续说。

"我按照你的建议做了。我根据大仲马的灵感写了小说。我相信它是我最好的作品。"

"我为你高兴，马凯先生。"贾斯特斯说。

他环顾四周，想找个地方坐下，明显很不自在。最后，他找到了一把椅子，把它挪到贾斯特斯的摇椅旁边坐了上去，他看上去很绝望。"我把书拿去给亚历山大的编辑们读。我解释说书的灵感来自大仲马……他们饶有兴致地读了。"

"太好了！"贾斯特斯说。

然而他们拒绝出版。第二家出版社也是一样，接着是第三家、第四家……简而言之，所有出版社都拒绝了。"

"怎么可能？"贾斯特斯瞠目结舌地问。

马凯笑笑，耸耸肩。"其中几家非常有礼貌地把手稿还给了我，其他编辑们指责我想要传播大仲马和罗西尼的谣言！"他大笑。

贾斯特斯这时才明白过来。他发现，与上一次见面以及不健康的外表相比，奥古斯特·马凯现在似乎更加平静，几乎是如释重负。他的笑容是真心的。

"所以我的主意不怎么好。"贾斯特斯说。

"没错。"马凯说。

"那你骗了我什么？"

"亚历山大·杜马斯不想把盒子给我。"他平静地说，"他想让我带给你。"

"给我？"贾斯特斯问，"可是为什么？"

黑漆盒子好像变魔术似的出现在代写作者的手里。

"不知道。但我错了，第一次就应该把它给你。我就是为了这个来的，但你让我很生气，所以……"他露出一个尴尬的笑容。

"没关系。"贾斯特斯说。

盒子似乎比以前更沉了。

"我冒昧地添加了我的最后手稿。"马凯先生解释说。

"好主意！"

奥古斯特·马凯站起来，似乎此刻重又焕发出生机。他和贾斯特斯握握手，然后开始朝着垂柳走去。

"马凯先生？"

"什么？"

"我能问个问题吗？"

"当然。"

"小说里有我吗？"

马凯先生戴上帽子（自然是乡下人的帽子），脸上露出笑容——一个出自真心的温暖笑容。

"当然。"

而后，他没有再回头，沿着小路走出拉雪兹神父公墓。

于是，贾斯特斯终于得以关上属于莫扎特家族的古埃及盒子的盖子。因为能带来名望和成功，父亲把这个盒子交给儿子，随后它被交给了学生，又被学生交给另一名艺术家，然后又交给另一个学生。这个盒子连接起许多父子、老师、教父和领袖的生活。贾斯特斯、沃尔夫冈、焦阿基诺、托马斯、亚历山大、拿破仑、奥古斯特……被迫离开的父亲和不想停留的父亲；强

壮的父亲和被迫寻求保护的父亲；注定要成为皇帝的父亲和不知道如何与儿子交流的父亲；还有想要倾诉却没有时间的父亲。父亲的另一边是儿子：勇敢的儿子和懦弱的儿子；幸福的儿子和痛苦的儿子。但不管什么样的父亲和什么样的儿子，他们之间总有某种东西在传递，并把他们永远联系在一起。这个盒子经过了许多人的手和三个不同的时代，最终还是回到了已经等待一百年的孩子手里。

现在故事真的要结束了，贾斯特斯一边想，一边把他添加的东西放进盒子里：允许他步行到巴黎的许可证，阿玛多伊斯的银币，罗西尼寄给他的《唐璜》剧票和斯芬克斯的戒指。盒子里还有莫扎特的乐谱和马凯先生用雷明顿打印机——又一项来自美国的邪恶发明——打印的薄薄几页纸的小说。他转动着刻有莫扎特家族首字母的银钥匙，长长地、长长地叹了一口气。

一切都结束了。

他摇晃着椅子。一百年的好奇和努力，让他感觉非常疲惫，但又傻傻地高兴。

他有些困难地把盒子放在地板上，伸手越过椅子的扶手去够一个小铃铛。他用手指抓住它轻轻地摇晃，房间里顿时响起清脆的叮当声。随后，他又坐回椅子里。柳条编织的椅面几乎塌陷了。也许他应该修好它，也许不必再去修。

只要它能到达终点，正如现在这样。

没有任何形式的修补。

没有花招。

他听到一连串走近的脚步声，于是等着他的曾孙女在门口出现。

"曾爷爷，你摇铃了吗？"她问。

贾斯特斯示意她进来，再靠得近些。

"亲爱的，过来，过来。今天我觉得自己很老很累……但因为我也觉得很高兴，所以想请你帮个小忙。"

女孩像他曾祖父喜欢的那样把自己缩在椅子扶手上。

"看到盒子了吗？"他问。

他用一种低沉而又冷静的声音说明，他离开的那一天，她该如何处理盒子和盒子里的所有东西。

他的曾孙女——他儿子的女儿的女儿，全神贯注地听着。她脸上惊讶的表情和贾斯特斯出现在门口求婚那天爱丽丝的表情一模一样。

爱丽丝考虑了四十二小时。

最后她答应了。

43

坐在柳树下

（罗西尼,《奥赛罗》,第三幕）

出席奥古斯特·马凯葬礼的亲属离去后,年轻的爱丽丝·盖伊·布兰奇在新挖的墓穴里藏进去一堆文件和用黑丝细绳捆住的手稿,然后平静地离开了。她的父亲正在书店里等她,但爱丽丝不准备直接回去找他。她在拉雪兹神父公墓的小路间徘徊了一段时间,只有这里才是城中完全让她感觉自由自在的地方。医生的孩子在医院里感觉自在,法官的孩子不会害怕警察,难道这不是很自然的事吗?对她来说,身为巴黎最有名的守墓人的曾孙女,需要的恰恰是安息般的平静。

乌黑的头发在她的鼻尖处随风飘动,年轻的爱丽丝停在守墓人小屋旁边的大白柳前。她两手在背后紧握,喃喃地念起一段祷告。它不属于天主教,也不属于新教,只是她脑中涌现出的一段祷告。

"曾爷爷，我做完了所有的事。一切都结束了，正如你所愿……"她念完祷告后轻声说。

她抬眼望着大树顶端的树枝，它们下垂得非常厉害，一直垂到草地上。她能听见燕子的啁啾声。树叶就像小小的网，网住了白天最后的光芒。贾斯特斯要求葬在树根下，一切从简。

但带着秘密。

他把古老的黑盒子交给她时，要求她好好照管。她当着他的面倒空盒子，他详细说明想让她如何处理里面的每一件物品。爱丽丝立刻意识到这不是一个简单的任务。作为这份珍贵礼物的交换，她的曾祖父赋予了她一个小小的使命。很明显，爱丽丝需要请求他人的帮助。

他要求她把亚历山大·杜马斯和奥古斯特·马凯写的最后一本书埋在后者的墓里。如果她喜欢的话，她也可以先读一读。

"已经打印好了，瞧见没有？"年老的守墓人说，"你知道，里面有我所有的朋友……也有我。"

存在于其中很重要。

存在于其中和朋友相伴。

存在于其中在某种程度上还有些价值。

他重复说过好几次，正如他始终坚持，没有老师谁也不可

能真正学到什么。大仲马是马凯的老师，莫扎特是罗西尼的老师。因此，爱丽丝把所有乐谱藏进了罗西尼的墓地。最后，她不得不去维莱科特雷（高度秘密的行动）把一把特殊的手枪和一本红色笔记本带回杜马斯的坟墓。旅途中，她尊重曾祖父信中的指示，把带有斯芬克斯标志的银戒指扔进了塞纳河。

最终，他把盒子交给了她。"爱丽丝，这是给你的，好好照管，随身携带，把你的画和你喜欢的东西全都放在里面。你把它们叫作什么来着？摄影？如果你决定不再摄影……找一个值得你托付盒子的人，但一定要仔细挑选：这个人必须得有想要守护的梦想。"

爱丽丝保证她会照做。她把盒子带回家，藏在床底下，很快就用电影胶卷装满了它。

"它很重要。"她的曾祖父曾补充说，但爱丽丝不明白他说的是什么。他接着说，"至于我，亲爱的孩子，死亡到来的一刻，我会带着这枚银币……因为你永远不知道我是否能在另一个世界把它花掉。"

"曾祖父要买什么呢？"她问。

贾斯特斯只来得及露出一个奇妙的微笑。

他去世了。

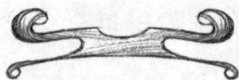

后　记

故事的灵感来自琪娅拉·芬果，如果你喜欢，应该感谢她。我仅仅作了展开、整理，并决定了事件发生的顺序，然后把它写出来。我做了很多努力，写完后，当大家问我"它讲的是什么"时，我的第一反应就是："讲父亲和儿子的故事。"因为这是我对它的预想。书里有许多与音乐和代写作者相关的内容，这一主题非常贴近我的内心，因为我当过代写作者，也因为反过来说也是事实（准确地说，我曾被问过谁是我的代写作者）。我有许多无形的代写作者。每次我拿起笔和纸面对窗户，关掉手机和网络时他们就会出现。像贾斯特斯一样，我对科技奇迹感到非常焦虑。如果我必须努力，我更愿意和出色的作家朋友

后　记

一起。他们是亚历山德罗·加蒂、托马索·帕西瓦尔、大卫·莫罗西诺多、埃琳娜·佩杜齐、安娜玛利亚·皮乔内、雅各布·奥利维里、马尔科·梅诺、马里奥·帕斯夸落托、安德里亚·卡诺比奥、沃尔特·梅内加齐、安德里亚·保罗、克里斯汀·安东尼尼和克里斯汀·希尔。

我还要感谢爱丽丝·弗纳塞提和巴特罗瓦普尔出版社的编辑。他们一直等着我，率先读了这本书的第一稿。感谢马特奥·皮亚纳，他甚至在书还没有开始写之前就设计好了封面（尽管我相信这是我合作过的插画家们的惯常做法）；感谢乔瓦尼·弗朗西斯科，他是我真诚仰慕的人，有时也非常喜爱我的故事。

这本书里，我使用了某种艺术的想象来描写名人的生活和死亡，有许多事件是虚构的，也有许多事件是真实的。根据贝恩哈德·鲍姆加特纳的观点，萨列里和莫扎特似乎真的是好朋友，罗西尼和大仲马也经常互相见面。大仲马写过一本关于罗西尼家的晚餐的书，时间可追溯到1840年。奥古斯特·马凯定期收到写作的稿酬，但他毕生都在后悔没有在《基督山伯爵》的封面上添加自己的名字。斯芬克斯这个名字代表了我对共济会的个人看法。莫扎特的父亲是共济会成员，拿破仑·波拿巴也表现出对该会的支持——或者他被说服表现出支持。大仲马在他的自传里提到了童年时的朋友、为了躲避去神学院学习的

莫扎特的影子

出逃以及他对布冯伯爵的自然历史书籍的兴趣。博洛尼亚学院自然科学教室的描述取材自查尔斯·德·布塞罗的游记和约瑟夫·杰罗姆·德拉朗德的旅途见闻。莫扎特上课时说的话，出自小说家塞万提斯。博洛尼亚的铁匠佐立实际上是离卢戈不远的一个小村里的商店的名字，焦阿基诺曾在那里做过一段时间的店员。大仲马在法律事务所工作过，但比他到这里要稍晚一些。他亲口讲述过他和拿破仑在马车里见面的故事，时间是莱比锡战争之后、他经过这个国家之前。收藏灵感的埃及盒子是我自己的发明，但至少在 1813 年败于莱比锡之前，拿破仑·波拿巴经常参照埃及小册子决定未来方向是真事。这本小册子是 1801 年一次探险中在一座法老墓里发现的（也许是托马斯·杜马斯为了彰显探险成功而送给他的战利品）。从此，他一直随身带着这本秘密小册子。将军用手枪指着托马斯的故事，历史上同样有所记载。最后，值得一提的是关于葬礼的几个要点：维也纳圣马克思公墓的莫扎特墓的位置确实下落不明；安东尼奥·萨列里的遗体实际上从茨林德斯朵夫墓地移葬至了维也纳中央公墓；1887 年，焦阿基诺·罗西尼的遗体自巴黎的拉雪兹神父公墓移葬至佛罗伦萨公墓；虽然大仲马明确要求留在维莱科特雷，但他的骨灰还是于 2002 年被移葬至巴黎的万神殿。奥古斯特·马凯得以独自安息。他仍旧埋葬在拉雪兹神父公墓，

后 记

墓碑上刻着"他的"小说的书名。大仲马的名字与诸多英雄人物一起登上了巴黎凯旋门。爱丽丝·盖伊·布兰奇（爱丽丝·盖）成了历史上第一位女性导演，她一直活到九十五岁高龄。隐退之前，她把盒子给了……

于阿奎泰尔梅 – 奥斯图尼 – 雪丁

2013 年 9 月 2 日

注：大仲马（Alexander Dumas），法国知名作家。Dumas 的法文读音近似于"丢马"，为了文雅，清末翻译家林纾依福州音将之译为"仲马"，为与小仲马区别开来，"大仲马"的译法一直沿用至今。本文为了保留故事情节发展的戏剧性，按照英文读音，将之译为"杜马斯"。